『国語国文』第九十巻第十一号（令和三年十一月刊）

「風流線」の構想と森田思軒訳『大叛魁』・ハウフ『隊商』

——続・鏡花文学第二の母胎——

須田千里

じめに

紙としての『風流線』」（二〇〇四年七月「文学」）。「前稿」）では、「風流線」（明治三十六年十月～三十七年三月「国民新聞」、明治三十七年十二月春陽堂）「続風流線」（明治三十七年五月～十月「国民新聞」、明治三十八年八月春陽堂。以下、両者を併せて「風流線」と総称し、「続風流線」を適宜「続」と略称）の主要登場人物が大津絵に擬えられ、作品世界そのものが絵師狩谷秀岳の描く画と物語の中に収斂すること、草双紙的特徴（民話・巷説・奇談の摂取、滑稽性、伝奇性・猟奇性）が見られること、柳亭種彦作・歌川国貞画『偐紫田舎源氏』第二編（天保元年［一八三〇］）・第二十編（天保七年）の摂取が見られることなどを具体的に述べた。次いで、「反自然主義文学を越えて——近世文学の受容、谷崎潤一郎との類比」（二〇〇九年九月「解釈と鑑賞」）では、二世柳亭種彦（笠亭仙果）作・二世歌川国貞画の草双紙『七不思議葛飾譚《ななふしぎかつしかものがたり》』第六編（慶応二年［一八六六］）の摂取を指摘した。

　その後、「風流線」等の材源として森田思軒訳『大叛魁』（明治二十二年三月～十一月「新小説」第五巻～二十一巻、全十七回。明治二十三年九月春陽堂単行）が大きく関わっていることに気づいた。『大叛魁』に関する鏡花の言及はないが、「鏡花文学第二の母胎」（二〇〇〇年一月「文学」）で述べたように、初期の鏡花文学には翻訳文学、特に森田思軒の影響が認められた。すなわち、「郵便報知新聞」掲載の「四十の山賊」（明治二十年一月）「金驢譚」（同年一月～二月）、森田思軒訳『瞽使者』上下（明治二十一年五月・二十四年二月報知社）、同『破茶碗』（明治二十二年一月～二月「新小説」、同年春陽堂単行）などである。そこで以下、「風流線」における『大叛魁』の影響を検証したい。

一、『大叛魁』書誌と内容

『大叛魁』は、柳田泉「明治初期の翻訳文学」（『明治初期の翻訳文学』昭和十年二月松柏館書店）が指摘したように、ジュール・ヴェルヌ『蒸気で動く家――北インド横断の旅』（Jules Verne, *La Maison à vapeur. Voyage à travers l'Inde septentrionale*, Paris, Hetzel, 1880）第一部の抄訳である。完訳として、荒原邦博・三枝大修訳による同名の書（ジュール・ヴェルヌ〈驚異の旅〉コレクションⅣ、二〇一七年八月インスクリプト）が備わる（以下「邦訳」と略）。思軒の所持した英訳としては、齊藤美野「明治中期の自筆翻訳原稿「大叛魁」にみる日本語表記方法の選択」（二〇一九年二月「通訳翻訳研究」）が指摘したように、どの版か不明ながら、*The Steam House.*（*part I.*）*The Demon of Cawnpore*, translated from the French by A.D. Kingston, London : Sampson Low, Marston, Searle, & Rivington と同（*part II.*）*Tigers and Traitors* が想定される。国立国会図書館関西館に *part I.* の1885年版（262頁）、*part II.* の1883年版（246頁）が所蔵される。

単行本『大叛魁』は、前掲『破茶碗』同様、初出「新小説」連載の誌面をほぼそのまま用いているが、現在確認できるものは少ない。国会図書館関西館蔵本（以下「国会本」）は菊判で、表紙は後補らしく、奥付は墨書で「明治廿三年九月廿一日　版権所有／日本橋通四丁目五番地／発行兼／印刷者／和田篤太郎」とあるのみ。挿絵は本文八六頁の次頁に蒸気で動く象の画など計五葉（ノンブル外）。なお、第四～六回末尾の次頁（七二・八六・一〇四頁）に「新小説」掲載時のまま「一口ばなし」が残存している。形ばかり単行本化し納本しただけで、実態は「新小説」からの合綴らしい。梅花女子大学図書館蔵本（以下「梅花本」）は菊判、仮綴の紙装で、表紙「新小説／大叛魁／森田思軒訳／春陽堂蔵版」、奥付は活版で「明治廿三年九月十六日印刷／仝年仝月十七日出版／大叛魁／版権所有／思軒居士　森田文蔵訳述／春陽堂日本橋区通四丁目五番地／和田篤太郎発行／印刷者　日本橋区通四丁目五番地　内山錦太郎」とあり、左端に広告（「新作十二番の内目録」等）がある。また、本文末尾（二五〇頁）と奥付の間に「外編　同好随筆」として「三点星《さんてんのほし》」（X.Y.Z. 訳）七頁（「新小説」第十四巻掲載）を付す。国会本・梅花本ともに、本文各頁上部に柱書「新小説／大叛魁／第一［～十六］回」（横書）がある。ただし、国会本にすべて備わる下部の柱書「第五［～二十一］巻」（「新小説」の巻数を示す）は、梅花本では「第五巻」「第九巻」「第二十一巻」など削られた個所がある（単行本化の際削除したのであろう）。『破茶碗』（明治二十三年八月十一日再版）巻末広告「春陽堂発行新版書目概表」に「思軒居士訳／大叛魁／三十五銭／六銭」と正価・郵税の記載が見られ、梅花本裏表紙広告・露伴『葉末集』（明治二十五年一月三十日三版春陽堂）巻末広告には正価三十銭（郵税六銭）と記載されるように、単行されたことは確実である。なお、ほその書店旧蔵本は、画像で見る限りボール表紙本だが、表紙の意匠・奥付とも梅花本と同じである（二〇二〇年九月十二日確認。https://www.kosho.or.jp/products/detail.php?product_id=252911294）。国立国語研究所蔵本は「新小説」からの合綴のようで、後補表紙に「新小説叢書／第九号」と打付け書きし、奥付を欠く。以下の引用では、初出・国会本・梅花本に異同はない（ただし、梅花本は二二四頁の次の「第五五図」を欠く）。

次に、『大叛魁』の内容について、前掲柳田（二一四頁）は以下のように解説する（思軒訳『大叛魁』での人名を［　］内に併記した）。

場所はインドである。一八五七年の土兵叛乱とこれに続いた英印双方の大虐殺を先づ背景として記憶して置く必要がある。此の時の叛乱の首謀即ち大叛魁であつたプーナ王の世子ダンドーバント《ママ》［段徳範《ダンドーバント》］俗名ナ、サヒブ［拿沙毘《ナ、サヒブ》］は、同志数名と逃れたが、九年の間復讐の怨を忘れず、折あらば英国人に復讐しようとし、南部中部印度を密々巡歴して煽動しつゝある。一方又五七年の乱に最愛の夫人をナ、サヒブの手で殺された（と信じてゐる）佐官マンロー男爵は、友人の工学士その他と『蒸気の家』といふ一種の大旅行車をつくり、これにのつて北印度漫遊の旅に出るが、佐官の心中には何とかしてナ、サヒブと出会つて、国のため、父母のため、妻のためにナ、サヒブの生首をとりたいと思ひつゞけてゐる。ナ、サヒブは果して又挙兵して英国政府に抵抗したが、間もなく破れて打死したといふ風説が伝はる。然しマンローはこれを信じない、益々その蒸気の家の旅行をすゝめる。

本書第二部を思軒は訳していないが、次号「新小説」（第二十二巻、明治二十二年十二月）掲載の「毛家荘《モーかさう》秘事の首《はじめ》に書す」で次のように記す。

大叛魁は素《も》と上下二編あり上編は前巻に載せたる所に終はる下編は更らにヒマラヤ山の雄絶なる景色《けいしよく》を叙するに筆を起し佐官万妻《マンロー》が途中終に拿沙毘《ナ、サヒブ》の僕カラガニのあざむく所となり拿沙毘の虜《とりこ》となり両個の死讐茲《こゝ》に始めて面を対するを以て一篇の眼目とす是に知る嚮《さ》きにタンダトの巌居にあり英兵の為めに殺されたるものは拿沙毘にあらずして其兄バラオラオなりしを而《しか》して何ぞ料《はか》らん一個不思議の狂女子『知らぬ火』は即ち万妻夫人の幸に免かれたるものならんとは唯た余下編を失ふて現に英国に注文し未た到らず故に姑《しば》らく毛家荘秘事を以て之に易ゆ［下略］

『大叛魁』の全体像がうかがえる貴重な情報だが、これを鏡花が読んでいたかどうか分からない。

二、『大叛魁』の影響

『大叛魁』から「風流線」への影響を具体的に示そう。

第一は、一度死んだとされた人物（拿沙毘・村岡不二太）が実は生きていて、「乞食僧」に変装し、その地を支配する者（インド政府・巨山五太夫）の告示に手を加えることである。『大叛魁』は、一八六七年三月六日、インド西部アウランガバド［アウランガーバード。以下、前記邦訳の地名を注記］の崩れかけた辻堂に新たに貼り付けられた「告文」の引用から始まる。印度太守・孟《ボン》買《ベイ》［インド西部のボンベイ］府知事名義の告文「土着兵《セポイ》叛乱の巨魁の一人たる世子《せいし》段徳範《ダンドーパント》通称………孟買府の管内に入り込めるよし若《も》し之れを殺し或は生ながら差出す者は二千磅《ポンド》（一万円《ママ》）の賞を与ふべし………」（第一回、一頁）は、すでにところどころ破れていたが、特に「世子段徳範通称………」と大書された肝心の名前や、末尾の印度太守・孟買府知事の署名は、今通りかかった「乞食僧《こつじき》」（二頁）によって破り去られた。彼こそ、一八五七年セポイの反乱の首領段徳範、通称「拿沙毘《ナ、サヒブ》 Nana Sahib」（一八頁）の身をやつした姿であった。この告文はアウランガバドの処々方々に貼り付けられていたが、変装した拿沙毘は少しも怪しまれず、告文を見た人々の噂話を「冷然」（六頁）と聞き流す。しかし、以前拿沙毘の捕虜となっていたインド人は、彼がネパールの林で熱病で死んだ噂は偽りで、実際はイギリス軍の追及を逃れるため兄バラオラオ等とともに左手の指一本を截って葬式を偽装した、と暴露する。危険を感じた拿沙毘は密かに跡をつけ、人気ない場所でこれを刺殺し、アウランガバドの墻壁を乗り越え姿を消す。

これは、「風流線」で「乞食僧《こじき》」（続「鉄鉢」十八）に身をやつした村岡不二太が、巨山の金看板に掲げられた寄付金と人名を墨で塗り消し、代わりに殺人や放火など違法行為を代行する「風流組」（続「鉄鉢」二十）の口上を墨書したこと、こうした「告示」が「城下の各区、辻に、壁に」（同）掲げられたことと類似する。拿沙毘を手配した告文や署名が破られる『大叛魁』に対し、「続風流線」では寄付金と人名を墨で塗り消したり、殺人や放火を募る告示が書き記されたりと、一歩進んで挑発しているが、「乞食僧」に変装した人物が告示を破損・抹消する点が一致する。さらに、拿沙毘も村岡も一度死んだとされながら実は生きており、インド政府や巨山一派（石川県知事を筆頭とする仮名倶楽部の権力者たち、警部・巡査・訓導ら）などその地を支配する者と対決する点も一致する。前稿で詳述したように、村岡のモデル藤村操が実は生きていたとする説もあったが、拿沙毘もまた死を偽装したことから、鏡花は拿沙毘を村岡とも重ねたのであろう。

なお、「他人之妻」（明治二十六年末頃成）の一部とされる「怪語」（明治三十年七月「太陽」）三以下で、田舎者の老爺に変装した賊が、その出没を注意する掲示標の「告示」中、警察の署名を墨で塗抹し、さらに「其賊」と書いて官民を愚弄する点は「風流線」同様である。秋山稔「泉鏡花『他人之妻』の構想」（二〇一九年三月「金沢学院大学紀要」）で翻刻紹介された「他人之妻」草稿（A稿）の（一〇）にも、「兇賊が［略］掲示標に於てせるが如き例の愚弄せるものなり。」との言及があった。従って、鏡花が本書を読んだのは明治二十六年以前と推定できる。

第二は、鉄道建設に携わった工学士とその名前、および蒸気機関車を動物に喩える点である。『大叛魁』第二回に登場する「工学士潘矩《バンクス》」（一九頁）は、カルカッタとボンベイを二昼夜半で往来する「大印度半島鉄道」（二一頁）の工事を完成させ、アラビア海とベンガル湾を繋ぐマドラス鉄道の工事に取りかかろうとしている。この間の休暇数ヶ月を利用し、潘矩は親友の佐官万婁《マンロー》らとともに、カルカッタからボンベイまで北インド横断旅行に旅立つ。彼等が乗るのは、潘矩が発明した「大象」（第五回、七三頁）形の蒸気機関車で、高さ二十尺、尾から首まで三十尺、背中に宝塔のようなヤグラを背負い、高く湾曲した鼻（煙突）から蒸気を噴き出す、「一個怪絶の車」「鉄怪」（同）であった（図1は「新

図1

小説」第十巻（明治二十二年五月）掲載「大叛魁　第一図」［京都大学吉田南総合図書館蔵本］。単行本にも掲載）。実際は車輪で動くのだが、この大象は外見上四本の足を上下させ、表皮や眼も象を模しているため、一見本物そっくりである。後ろには二両の客車を連結し、レールのない道路を平均時速十五マイルで走行（八〇頁）、水中でも四本足を櫂として進む。今なら大型のキャンピング・カーというところであろう。「潘矩は嚮《さ》きに鉄道布設の計画あるに当りベハル［ビハール］地方を担任して測量に従事したりしかば善く此辺の地理に通ぜり」（第七回、一一一頁）、「潘矩は固より一個の工学士として飽くまでも器械機関の力を利用することを貴《たつと》びて天然の動物の足を藉《か》るが如きことは甚だ喜ばず」（第二回、二七頁）というように、彼は綿密な測量に基づいて鉄道を建設する「技師」（二八頁）である。今回潘矩は「蒸気の家」（三三頁。「蒸気家《じやうきいへ》 Steam House」［七五頁］とも）を発明し、万妻らとともにインドを旅するが、途中数々の危難にあっても冷静に対処する。例えば、インドの群衆が蒸気で動く象を祭儀の車と見なし、あえて神聖な象に踏みつぶされようと身を投じたとき、潘矩は象の鼻を下に向け、熱い蒸気を吹き掛けて彼等を退散させた（第七回、一一八〜一一九頁。**図2**は「新小説」第十一巻（明治二十二年六月）掲載の「第二図」［京都大学吉田南総合図書館蔵］。単行本にも掲載）。また、虎狩りにでた尉官布度《フード》らが急な嵐で道に迷った際、落雷で茂林が燃え炎の迫る中、潘矩は汽笛を鳴らしてぎりぎりまで布度らの帰還を待ち、間一髪炎から逃れる（第十二回、一九〇〜一九七頁）。なお、初出・単行本『大叛魁』所収の挿画五葉は、原著のレオン・ブネット（一八三九〜一九一六）による挿画（邦訳「訳者あとがき」）と酷似しており、英訳に転載された原著挿画を思軒がさらに転用したものであろう。

図2

じっさい、前掲英訳本は原著挿画のほとんどをそのまま流用しており、思軒訳中の挿画五葉も含まれている。

潘矩は、「風流線」で北陸線を一日も早く完成させようとする「北国の新線路担任の技師、工学士、姓は水上名は規矩夫」（「急先鋒」十七）の人物像と酷似する。親友の法学士・地方裁判所判事唐沢新助によれば、平生「あまり笑つた事のない」（続「竹馬の友」三十六）水上は、「此の北陸線を担任するのが、唯一の希望であ」（三十七）り、「此の線路の専任の技師に命ぜられた時」（三十六）、懐中から取り出した「敷設地の地図、水上が書いた図面」には「山も谷も、［略］精細に測量が行届いて、掌《たなごゝろ》に据えて見るが如し」（三十七）であった。鉄道建設に携わる工学士という共通点に加え、両者の性格を暗示する「矩」字（曲尺、掟の意）の一致も偶然ではあるまい。潘矩も水上規矩夫も綿密な測量を行う細心さを持ち、規律を重んじて冷静沈着に自らの仕事を遂行する。

以上のように、「風流線」での綿密な測量と鉄道建設、蒸気機関車のモチーフが『大叛魁』に拠ることは確実であろう。さらに、前述のように「怪語」（「他人之妻」）に『大叛魁』の影響が看取された以上、「風流線」のひな形とも言える「湖のほとり」（明治三十二年四月「新小説」）や、遡って「山中哲学」（明治三十年十二月「太陽」）に登場する鉄道技師（鉄道技師風の男）も、『大叛魁』の潘矩に由来すると言ってよい。加えて、本作末尾で、開通後初めて金沢駅に到着した蒸気機関車が「大水牛」（続「大水牛」九十一）と形容されるのは、確かに「奇態ではある」（笠原伸夫「２「風流線」の方法」「Ⅳ　結末」、一九八八年十月国文社『泉鏡花　エロスの繭』所収）が、これは『大叛魁』の「大象」型蒸気機関車を意識したものであろう。象でなく水牛なのは、「天の川が、ざぶりと裟婆へ落つこちたやう」（続「銀河」八十九）に、急な洪水が鉄橋（かささぎの橋に見立てられる）を浸した七夕の、牽牛（水上規矩夫）と織女（巨山美樹子）の由縁に拠ろう。村岡に絞殺された美樹子の亡骸が白山の雪に包まれ、水上の設計した線路を水牛に見立てられた機関車に運ばれて金沢駅に到着する結末には、天の川・洪水・牽牛・白山の雪と、水のイメージが連鎖している。

ちなみに、「神象」（第十二回、一九八頁）とも呼ばれ、「最強の巨象三頭」（第十四回、二二五頁）と曳き合っても微動だにしない八十馬力（第五回、七八頁）の大象の形象は、『続風流線』単行から一年余り後の「霊象」（明治四十年一月「文藝倶楽部」）で興津志摩吉とお美波が乗る「大白象」（二十二）に転用されたと思われる。鼻から蒸気を吹き出す機械仕掛けの大象は、「恐らく長《とこしへ》に続くべき」（「霊象」二十五）異界を旅する「大白象」と同様に現実離れしたものであり、発想源となったであろう。その際、万妻が「知らぬ火」（狂気の万妻夫人。前述「毛家荘秘事の首に書す」参照）を救い出すイメージを前掲図2と合体させ、お美波を救った後に大白象が人々を蹴散らして進むイメージとなったとも考えられる。「頭《かしら》を以て櫓《やぐら》となし」（二十二）た「霊象」に対し、『大叛魁』でも「背上《はいじやう》に［略］一座のヤグラを負ふたり」（七十三頁）と、櫓＝ヤグラに乗って象を動かす点が一致する。同じジュール・ベルヌでも『八十日間世界一周』を素材とみる白方佳果「第四章　『霊象』論（二）」（『泉鏡花作品研究　同時代背景の注釈的検討を通して』二〇二〇年三月臨川書店）も一理あるが、『大叛魁』の大象の方が鮮烈であろう。

　さて、第三の影響は、拿沙毘と兄バラオラオ、村岡と捨吉の姿形がそっくりな点である。アウランガバドを出た拿沙毘は、第四回で十里離れたヱロラ（エローラ）の洞《ほら》に着き、「ヌケ穴」（六〇頁）の底で待っていた一歳上の兄バラオラオに迎えられる。バラオラオは「其の容貌骨格極めて善く相肖《に》たれば孰《いづ》れを拿沙毘とし孰れをバラオラオとするも容易に之れを弁すべからず」（六二頁）、「其弟拿沙毘と見まがふばかりに善く相肖たる」（第十五回、二三五頁）とされ、「第二の我」（六六頁）とも評される。自身に懸賞金が掛けられたことをバラオラオに告げた拿沙毘は、部下のカラガニとともにアドジュンタ［アジャンター］の洞を経由してサウトポーラ［サトプラ］の山中に身を潜める。結末の第十五、十六回で、タンダト（タンディート）の巌居に身を隠した拿沙毘は英国兵に発見され銃殺されるが、実はバラオラオを拿沙毘と見誤ったものであった（「毛家荘秘事の首に書す」）。末尾で、拿沙毘らしき死体を見て以降「知らぬ火」は再び拿沙毘の名を口にしなかったとされるため、「毛家荘秘事の首に書す」を読まなければ死んだのは拿沙毘本人とも読めるが、身代わり、一人二役という発想は容易に得られたであろう。

「風流線」でも、語り手は村岡について「工夫捨吉の面相《おもざし》を思ひ浮かべて、やがて相肖《に》たるを認めらる、であらう。／服装《なり》こそ違へ、年格好、耳の形も酷似《そつくり》で、」（「鞍ケ岳」二十六）、「一個汚れたる洋服扮装《いでたち》の、目鼻立殆んど大斧［捨吉］のそれに肖て、短銃《ピストル》持てる青年あり、誰か忘れむ村岡不二太。」（「寄手」九十五）と語っている。河童の多見次も「村岡さんツていひます、御当人と、其の捨吉ツて奴が不思議なほど、顔や様子も似て居るんで。」（続「七箇の池」八十四）と、二人が瓜二つだと語る。竪川少尉が、かつてお龍を争った村岡に果たし合いを申し込んだとき、捨吉は惚れたお龍のため進んで村岡の身代わりとなり、黒髪谷で竪川に討たれる。当初身代わりに気づかず、お龍への気持ちを滔々と語っていた竪川だったが、後で気がついても、「村岡不二太は確《たしか》に死んだ。」と「捨吉夫婦［実は村岡・お龍夫婦］に言づけを頼む、」（同）と言い、捨吉の願い通り村岡・お龍の結婚を認め、姿を消す。『大叛魁』「風流線」ともに、首魁（拿沙毘・村岡）の身代わりになって、瓜二つの者（バラオラオ・捨吉）が殺される点が一致する。

第四は、一見それと分からない抜け穴を通った地下深くに、池や湖に接した秘密の場所のあることである。第四回で、十里離れたヱロラ（エローラ）の洞《ほら》に着いた拿沙毘は、巨岩を彫って作ったカアラスの堂［カイラーサナータ寺院］の基をなす大象の背後にある、「人の知らざるヌケ穴に身を没して暗く細き道をタドりゆけるが其の道の尽くる所少しく広やかなる処に出でたり是れ方《ま》さにカアラスの堂の下にあたり旧《も》と地底に池を成せる所なるべし今まは水涸《か》れて全く乾きをるなり」（六〇頁）とある。

「風流線」でも、薬を混ぜた酒で酔い潰されたお妻は、芙蓉館の廊下の突き当たりで、板戸に偽装された抜け穴から隠し部屋に運ばれ、巨山に犯される（続「夜討」五十八、六十二）。すなわち、抜け穴は「やがて彼の尉《じやう》と姥《うば》の、板戸に礑《はた》と着くと斉《ひと》しく爰《こゝ》が廊下の突当り、裏は外囲ゐの壁の如く誰《た》が目にも見えるのが、松の幹から二ツに裂けて、真暗な口が開《あ》くと、風颯《さつ》と、裳《もすそ》を緊乎《しか》と組違へる、美人《たをやめ》の足を倒《さかさま》に、影も残さず吸ふよと見れば、朦朧として唯白髪《はくはつ》の二個《ふたつ》の画のみ、」（五十八）とされる。「巨山は、天地に憚り、人に秘して、船底の如く湖の中に沈設した、彼の尉と姥の板戸の裏より、奈落おとしの密室に、予《かね》て懸想した浮世絵師狩谷が室、名妓お妻を陥れて、激烈なる酒を被《かうむ》りながら、したゝかなる挙動《ふるまひ》の、如何《いか》なる事をかしたりとする、」（六十二）と暗示され、お妻は自ら命を絶つ。結末でお龍が監禁され、巨山に迫られるのも、この船底の如く作られた「穽《おとしあな》」（続「大水牛」九十一）であったが、これは『大叛魁』の「旧と地底に池を成せる所」に類似しよう。

なお、『探偵小説活人形』（明治二十六年五月春陽堂）「第十六 啊《お》呀《や》！」でも、人形の袖口から入って壁を押すと秘密の小座敷が現れる。「第十九 二重の壁」では、北の台に幽囚された下枝が、壁と見せかけた忍び戸から森の中に通じる抜け穴を発見し、階段を下りて水の滴る洞穴をたどり脱出する。人形室後ろの小座敷にも通じる秘密の通路というトリックが、『大叛魁』に拠ることは明らかであろう。また、下枝が「小指一節《ひとふし》喰ひ切」（第十九）って血を道しるべにするのも、拿沙毘・バラオラオが左手の指一本を截った設定（前述）に基づくかもしれない。

第五は、部下を従えた拿沙毘・水上が鉄道を敵（イギリス人・故郷の住民）の血で染めると言う点である。カルカッタからの「急行列車白色《はくしよく》の蒸気を噴《ふ》き輪歯《りんし》の響《ひゞき》四隣《しりん》の住民を驚かしつゝ走《は》せ来《きた》」るのを見た拿沙毘は、「走せゆく列車のかたに向ひつ厲《れい》声《せい》して叫びたり「速かに往《ゆい》て印度太守に語れ拿沙毘は猶ほ生けりと［略］此の鉄道亡状なる英国人の手に成れる此の鉄道は久しからず其の英国人の血を以て浸《ひた》さるべきなりと」」（第四回、七一頁。以下、特記しない限り傍線須田）。拿沙毘の「合図と共に国民幾百万は一呼して起るべきなり英国軍は一瞬の間《ま》に亡び尽くべきなり」（第四回、六十五頁）、「拿沙毘の名は一呼して直ちに幾百万の衆を得へきこと甚だ明かなり」（第十六回、二四二頁）とあるように、強大なイギリス軍と対峙する多くの民衆がいた。ここで、拿沙毘に呪詛され血塗られるインド横断鉄道は「英国人」の暗喩となる。

一方、「風流線」の唐沢新助の語るところ、東京で学び、鉄道技師として故郷に乗り込んできた水上は故郷（金沢）の地をこそ愛するものの、そこに住む者は「不倶戴天の仇敵」（続「竹馬の友」三十七）のごとく憎み、風流組を従え、「我が鉄道の線路を役《えき》して、故郷の人の肉を破り、血を流さむと欲するのである、」（同）と、鉄道を通じて故郷の人々を呪詛している。これは前述傍線部と類似しているが、イギリス対インドの民族対立を水上とその故郷の住民との対立に変えている点が注目される（後述）。

第六は、「炬《たいまつ》」を持って徘徊する謎めいた「狂女子」「Roving Flame『知らぬ火』」（第十五回、二三九頁）とお龍の類似である（「Flame」は思軒訳「Tlame」を前掲英訳本により意改）。イギリス兵がタンダトの巌居に隠れた拿沙毘（実はバラオラオ）を射殺できたのは、「知らぬ火」の跡をつけた結果だったが、この名は鏡花鍾愛の草双紙『白縫譚』（嘉永二年［一八四九］～明治十八年［一八八五］）と同じであり、鏡花の興味を惹いたと思われる。じっさい、お龍が姉妹宛てに記した手紙の文字に関して、「たとへば是れ、筑紫の空を蔽ひたる、女傑が術中の蜘蛛に似ず、」（続「帷幕」四十八）云々と、蜘蛛の妖術を使う若菜姫への言及もあった。久保田淳「『風流線』とその背後にあるもの」（二〇一六年七月翰林書房『鏡花水月抄』所収）のように、お龍の造型から若菜姫を連想する見方もある。

「風流線」でも、「鞍ケ岳」に身を隠した村岡が、会いに来たお龍とともに「松明」（「異形のもの」三十三～三十五）「炬《きよ》」（三十五）を振り立てて鞍ケ嶽を登り、自ら「悪魔」（三十二）になろうとする場面は、タンダトの巌居に身を隠した拿沙毘と、「炬」を持った「知らぬ火」のイメージに近い。

また、巨山に迫られたお龍が蹴返したランプをたよりに、多見次がガラス窓を破って侵入した後、焦土となった芙蓉館跡が「妙《たえ》なる島」となり、「浪裡に白跳の怪あり、島に禽獣の女王《にょわう》あり。」（続「大水牛」九十一）という結末は、畜生道と化した世界に多見次とお龍が再生したかのように読める（前稿参照）。お龍は「狂女」ではないが、現実とは別の世界に属する点で正気を失った「知らぬ火」に類似する。なお、狂気の人物としては、絵行脚しながら物語る、本作末尾の「心狂へる」狩谷秀岳がいた。

さらに、「巌居の住民は皆な一種尊崇の念を以て之［知らぬ火］を待てり未開無智の人民の常としてダンド種族は亦た極めて迷執《めいしつ》の心に深かゝりければ『知らぬ火』は至る所に厚遇され」（第十五回、二三九頁）とあるのも、本作「手取川」の章で、風流組の工夫たちが事前に「空中を飛行《ひぎやう》する、男女二柱の神様」（四十一）を見ていたため、その後登場したお龍と村岡が彼等の「迷信に合《かな》うて、早や其の十中の九を説法し得た」（四十五）とする設定に取り入れられたであろう。前稿で指摘したように、この材源は橘南谿『東遊記』（寛政七年［一七九五］）巻之二「松前の津波」だが、その謎めいたありようが迷信深い人々に尊崇の心を起こさせた点は『大叛魁』の「知らぬ火」に拠っていよう。

なお、鏡花が「毛家荘秘事の首に書す」を読まなかったとすれば、「知らぬ火」の正体を、「拿沙毘に其の身心を許し叛乱の間は拿沙毘が最も頼みとせる一人《いちにん》」「女王《にょわう》アマゾン」（第三回、五一頁）と誤解した可能性がある。彼女は「躬方《みかた》［イギリス軍］のために殺されたり」（同）とあるのでおそらく誤読になるが、村岡とお龍を拿沙毘と彼の愛する女王アマゾンに振り当て、村岡を短銃自殺させ、お龍を「禽獣の女王」（続九十一）としたことも考えられる。

以上から、『大叛魁』の「風流線」への影響は明かであろう。大きな枠組で見ても、インドに住む拿沙毘らが、蒸気で動く鉄製の大象に乗った万妻・潘矩ら非居住者のイギリス人と対決する構図は、金沢に住む巨山ら権力者に対し、蒸気で動く鉄道（大水牛）を敷設する非居住者の水上・村岡・お龍ら風流組が対決する構図と類似する。ただし、万妻・潘矩ら非居住者の方が強い『大叛魁』に対し、「風流線」では居住者である巨山側が強大である（後述）。いま、両者の人物像を対応させれば、拿沙毘は村岡不二太（第一の類似点）と水上規矩夫（第五）、潘矩は水上規矩夫（第二）、バラオラオは捨吉（第三）、「知らぬ火」はお龍（第六）となる。逆に「風流線」の人物で示せば、村岡は拿沙毘（第一）、水上は潘矩（第二）と拿沙毘（第五）の二人、お龍は「知らぬ火」（第六）、捨吉はバラオラオ（第三）に当たる。

三、『大叛魁』の影響・存疑

確定は出来ないものの、摂取された可能性のある設定もある。まず、万妻が万妻夫人を拿沙毘に殺され（たと信じ）、拿沙毘も「余の至親なるジャンシの女王《ぢよわう》アマゾンを手づから殺したる」（第四回、六四頁）万妻を「特《こと》に怨」（同）んでいるという設定は、竪川美樹子をめぐる巨山と水上、お龍をめぐる村岡と竪川昇を想起させる。しかし、こうした関係はありふれていよう。

また、万妻と潘矩の友情から、唐沢と水上、村岡と水上の友情が導かれた可能性もあるが、やはりありふれた設定で確定できない。

第三に、虎に襲われた尉官布度らが間一髪虎を射殺して助かる（第十三回）のは、大巌三太に狙撃されたお龍が元結を切られるだけで間一髪助かる（「みだれ髪」七十八）のとやや類似するが、前掲拙稿「反自然主義文学を越えて」で指摘したように、『七不思議葛飾譚』第六編で礫《れき》次郎が何者かに鉄砲で狙撃される設定の方が近いか。

第四に、インド各地を縦横に旅する鉄製の大象がイギリスの暗喩だとすれば、尉官布度らが好んで撃つ虎は拿沙毘やインドの暗喩となろう。同様に、水上や風流組が金沢まで開通させた鉄道の蒸気機関車すなわち大水牛（続九十一）が、「虎の人立したる如く」（同）お龍を襲う巨山（金沢の権力者ら）に戦いを挑むのが本作の構図である。前稿で述べたように、大枠はお龍以下風流組＝龍蛇、巨山側＝蜈蚣と見立てられるが、この末尾の「虎」のみ『大叛魁』を踏まえた可能性はあろう。しかし、これも「龍虎相搏つ」見立ての強調とも捉えられ、確定できない。

第五に、万妻がカラガニの「あざむく所となり拿沙毘の虜《とりこ》となり両個の死讐茲《こゝ》に始めて面を対する」（「毛家荘秘事の首に書す」）という、間者（スパイ）による拉致は、多見次による美樹子拉致未遂の発想源になった可能性がある。しかし、前稿で指摘した『修紫田舎源氏』第二編にも、山名宗全が忍びの者を使って藤の方を奪おうとする計画があった。さらに注目したいのは、手塚昌行「『風流線』プロット考」（『論集泉鏡花』第二集、一九九一年十一月有精堂出版株式会社）が指摘する、ハウフ『隊商』「ファトメの救ひ出し」（以下、便宜上高橋健二訳『隊商』一九四〇年三月岩波文庫、一九五三年一月第七刷の標題・人名に従う）の摂取である。手塚論文では詳しく指摘されないが、変装した男（ムスタファ・多見次）が厳しい監視を乗り越えて若い美女（ファトメ・美樹子）を奪おうとしたものの、知り合い（年取った小男・幸之助）に見顕されて身一つで逃れるのは、『大叛魁』

『修紫田舎源氏』より類似性が高い。手塚論文の指摘するように、「名媛記」（明治三十三年一月「活文壇」）で言及される「鴻《こう》の鳥になつたぼへみやの国王の話」（傍線ママ）は、『隊商』冒頭の「こふのとりになつたカリフの話」のことであり、鏡花は確かに本書を読んでいた。

四、ハウフ『隊商』の影響

私がハウフ『隊商』を重視するのは、手塚論文では言及されていないが、『隊商』「切り取られた手の話」が終わった後の、旗によって賊魁オルバザンの居場所を示す話（便宜上「旗の話」と呼ぶ）が「風流線」でも使われているからである。「旗の話」は、隊商の見張りが数名の騎者を見付け、オルバザンに率いられた盗賊団に襲撃されると告げた際、途中から加わった客人ゼリム・バルフ（実はオルバザン本人）が赤い星のついている小さい青い布を槍の先に結びつけ天幕の上に立てることで所在を知らせ、騎者たちを立ち去らせた、というものである。

「風流線」でも、警部長十時猛連が手取川の磧《かわら》で水上と面会しようとした際、「天幕《テント》の屋根」などに翻る「赤い旗」「一流《いちりう》の赤き旗」「赤旗」が水上の居る目印とされる（「浪裡白跳」八十六～八十七）。さらに、屋島藤五郎の居場所・目印は「緑の旗」（「緑の旗」四十、「寄手」九十六）、捨吉は「黒き旗」（「寄手」九十七）、お龍は「紫の小旗」（「礼ごころ」九十九）でそれぞれ示される。水上は「天幕の屋根」に「緑の旗」を掲げることで屋島を呼び出し（四十）、多見次は瓦斯燈のガラスを緑にして屋島を呼び出す（続「帷幕」四十七）。屋島も手に「緑色の瓦斯の光」（続「銀河」八十八）を持つ。このように、特定の人物の居場所を「天幕」の上に立てた旗の色柄で示す点が『隊商』「旗の話」と一致するのである（「風流線」では、掲示場所を天幕外、さらには瓦斯燈の色にも拡大する）。また、手取川の磧で天幕を張って生活する風流組を、屋島が「ゴビ、サワラ《ママ》［春陽堂版『鏡花全集』五、大正十五年七月では「サハラ」］の砂漠とやらむに、起臥《おきふし》すると一般」（九十六）と形容するのも、沙漠に天幕を張ってメッカからカイロに向かう『隊商』の旅を連想させる。

なお、手塚論文では水上とオルバザンの類似性として、境遇・裏切った女に対する行動・集団の首領という三点を挙げるが、この「旗の話」を念頭に置けば集団の首領という類似は頷けよう。

注目したいのは、前掲秋山による翻刻「他人之妻」草稿（A稿）の（一六）「第十一　縄手の吹雪「叱」！」に、親仁（実は賊魁）が腰から布を取り出し宙に放つと、布が「一流《ひとながれ》の青旗《せいき》」となって翻る場面のあることである。これを見た手下は、秀を乗せた駕籠の一町ほど後ろで「同じ色の旗三流《さんりう》」を出して応じる。これは、賊魁が青い旗で自分の所在を部下に教える点で『隊商』「旗の話」と一致している（賊魁がオルバザンに当たる）。

『隊商』の影響はこれらに留まらない。「星女郎」（明治四十一年十一月「文藝倶楽部」）にも『隊商』「幽霊船の話」（前掲高橋健二訳）を踏まえた個所があった。すなわち、境三造が峠の一軒家で見た幻のうち、「床柱と思ふ正面には、広い額の真中へ五寸釘が突刺さつて、手足も顔も真蒼《まつさを》に黄色い眼《まなこ》を赫《かつ》と睜《みひら》く、此の俤《おもかげ》は、話にある幽霊船《いうれいぶね》の船長そつくり。」（三十二）は、霞城山人訳『砂漠旅行亜拉比亜奇譚』（明治二十年二月浜本伊三郎）第十回の、「殊に中央の大《だい》の檣《ほばしら》には一人《にん》の男衣服もいと立派に手には大剣を握りしが其顔は痩殺《やせこけ》て色青く額は一尺余りもありぬべき太き釘にて貫かれ確《しか》と檣に打着けられ是も同じく死し居たり」（五三頁。以下、大阪国際児童文学館蔵本・国会図書館蔵本による）と酷似している。この話は、僧に呪いを掛けられた船乗り達が殺されても死ねず、朝になると生き返る日々を五十年も繰り返したというもので、件の船長は船内の暴動により釘で頭を帆柱に打ち付けられていた。以上のように、鏡花は『隊商』から「こふのとりになつたカリフの話」「幽霊船の話」「旗の話」「ファトメの救ひ出し」の四話を摂取していたのである。

では、鏡花はどのようにしてこれらを読んだのだろうか。手塚論文が指摘するように、『隊商』の翻訳には次の四種があった。

一、霞城山人訳『砂漠旅行亜拉比亜奇譚』（前掲）、のち「通俗学芸志林」十二（明治二十年五月通俗学芸社）に「砂漠旅行物語」の標題で一部再掲（無署名、ルビ無し）。「こふのとりになつたカリフの話」「幽霊船の話」「小さいムクの話」を収録。

二、杏堂散史訳『妖怪船』（明治二十一年一月松成堂）。「幽霊船の話」のみ。

三、田中柏城・秋元隆次郎訳『泰西奇譚旅路之空』（明治二十一年四月イーグル書房）。「こふのとりになつたカリフの話」「ファトメの救ひ出し」「切り取られた手の話」「旗の話」等を収録。

四、独幹敖史訳「沙漠の旅」（明治二十二年一月一日〜三十日「絵入朝野新聞」、五月五日〜八月十七日「江戸新聞」。全七十五回。途中休載あり）。全訳。「こふのとりになつたカリフの話」「幽霊船の話」「切り取られた手の話」「旗の話」（以上「絵入朝野新聞」）「ファトメの救ひ出し」「小さいムクの話」「偽りの王子のお伽話」（以上「江戸新聞」）から成る。なお、

五、森鴎外の長編漢詩「盗侠行」（初出明治十八年一月「東洋学芸雑誌」、のち明治二十五年七月春陽堂『水沫集』所収）でも「切り取られた手の話」「旗の話」が詠み込まれている。

これらのうち、「名媛記」に見える「鴻《こう》の鳥になつたぼへみやの国王の話」は前記一・三・四の書に見えるが、一では「鸛《こうのとり》」、三は「鸛鳥《くわんてう》」（三例）「鵠《こふのとり》」（一例）「鵠《こく》」（十二例）「鵠《こふ》」（二例。以下、京都大学吉田南総合図書館蔵本・国会図書館蔵本による）、四は「鶴《つる》」（一月四日等）であるから、一と三が候補となる。一の第三回～第八回（「バクダート」の王）か、三の「鸛鳥《くわんてう》加里夫《かりふ》王之譚《はなし》」（亜剌比亜《あらびあ》の都「馬倶太徒《ばぐだと》」の王）かで読み、「ぼへみや」の王と勘違いしたのであろう。ただし、「名媛記」では「金驢譚」に次いで語られることから明治二十年の話とすれば三は未刊であり、加えて「鵠《こふのとり》」も一例しかないため、一『砂漠旅行亜拉比亜奇譚』で読んだ可能性が高い。

次に、「他人之妻」「風流線」に摂取された「旗の話」は三・四・五に収録され、「風流線」に摂取された「ファトメの救ひ出し」は三と四に収録される。

最後に、「星女郎」で言及された「幽霊船の話」は一・二・四に収録されるが、一は第八回末尾（四六頁）・第十四回末尾（八二頁）に「幽霊船《いうれいぶね》の物語」とあるのに、二・四では「幽霊船」の用例が無い（四の標題は「魔船《ません》の話」、一月十一～十六日）。「幽《いう》霊船《れいぶね》の船長」（「星女郎」）との表現の類似から、一の『砂漠旅行亜拉比亜奇譚』に拠ったと考えられる。

「旗の話」については、三で世武《せりむ》（阿波山《おるばざん》の変名）が「懐《ふところ》より紅班《あかきまだら》ある一流《いちりう》の青布《あほぬの》を出して之れを長鎗《ながやり》の尖端《とつさき》に結び付け［略］之を天幕《てんまく》の上に建てしめたり」（二〇六頁）とあるほか、「紅班《あかまだら》の青旗《あほばた》」（二〇七頁）とも表現される。世武はかつてこの方法で逃れたことがあったため、「此の記号《きごう》を以て旅しなば賊を拒《ふせ》ぐの良策たることを記《き》せり」（二〇七頁）と語るのだが、隊商が目的地カイロに到着し、世武が因縁ある曾呂哥《つあろいこす》（ツァロイコス）と二人きりになってはじめて、自分こそ阿波山だと名乗る（前言は素性を隠す嘘）。一方、四の「沙漠の旅」では「帯革の間《あはひ》より空色の布《きれ》に赤き星を染出《そめだ》したるを取出《とりいだ》し槍の穂先に括《く、》り着け［略］天幕《テント》の上に立《たて》しめたり」「赤き星の旗章《はたじるし》」（一月二十九日）とある。原文にない説明として、手下が「賊首《かしら》［オルバザン］は様々に姿を扮《やつ》し処々方々に徘徊し時としては沙漠《しやばく》を過《すぐ》る旅客の隊に入込むことありその目標《めじるし》には赤き星を染出したる旗布《はたぎれ》を用ひ此を建てある処には賊首の居《を》らるゝ記章《しるし》なればたとへ旅客の屯営《たむろ》なりとも手下の者が軽々しく手を下さゞる規約《おきて》なり」（一月三十日）と話すのを勢稟《セリーム》が漏れ聞く。五は「客出緑旛挿帳頭。」などとあるのみである（『水沫集』初版では「緑旛」を「縁旛」に誤るが、他に「緑旛」とあり）。

以上のうち、四の説明は確かにわかりやすい。しかし、「一流《ひとながれ》の青旗」（「他人之妻」草稿）・「一流《いちりう》の赤き旗」「赤旗」（「風流線」）と、三の「一流《いちりう》の青布」「青旗」との酷似は看過しがたい。すなわち、明治二十六年末頃までに三で「旗の話」を読んでいたことになる。ついで、「風流線」執筆時に三の「波登美《ふぁとめ》救助譚《ものがたり》」と「旗の話」を用いたのであろう。「名媛記」で語られる明治二十年頃、「他人之妻」草稿執筆の明治二十六年末頃、「風流線」の明治三十年代後半、「星女郎」の明治四十一年と、二十年に渉って四話が摂取された『隊商』は、順に一→三→三→一（または三→三→三→一）の書から用いられたと推測される。

翻って、「黒百合」（明治三十二年六月～八月「読売新聞」）、「薬草取」（明治三十六年五月「二六新報」）、「わか紫」（明治三十八年一月「新小説」）等で語られる諸国横行の大賊・義賊にも、『児雷也豪傑譚』の盗賊児雷也（拙稿「鏡花文学における前近代的素材（上）」一九九〇年四月「国語国文」）とともに、勇敢で義侠心に富む「阿波山」（三『泰西奇譚旅路之空』）や、変装して国内を自由に移動する首魁拿沙毘（『大叛魁』）の形象が輻輳しているかもしれない。

なお、「旗の話」の後、オルバザンはツァロイコスに次のように語っている。自分の兄と結婚した隣家のフローレンス貴族の娘ビアンカは、彼女の父の家で知り合った若いナポリ人と駆け落ちした。それを追及した父と兄はビアンカの父の策略により逆に捕らえられ、死刑に処せられた。母はそのショックから錯乱し、亡くなった。オルバザンはビアンカを殺すためツァロイコスを欺し、眠っているビアンカの首を切断させようとしたが、途中で恐ろしくなり逃げ出した。ビアンカを殺したツァロイコスは捕縛され、左手を切断されたが、以後オルバザンは正体を明かさずに彼の生活の面倒を見た（この件をツァロイコス側から語ったのが「切り取られた手の話」）。隊商の旅に加わったのは弁明の機会を得ようとしたためだった——。以上を聞いたツァロイコスはオルバザンを許し、『隊商』の物語は幕を下ろす。

「風流線」でも、水上の上京後、相思相愛の美樹子が巨山と結婚したため、欺かれたと感じた水上は、後に美樹子が許しを請うても受け付けない。これは、手塚論文の指摘するように、兄を裏切ったビアンカに対するオルバザンの行動をいささか緩めて用いた可能性がある。さらに、曾呂哥は「法理に明覈《あきらか》なる」「断金の友人馬列篤《ばれつと》」（三『泰西奇譚旅路之空』一九八、一九五頁）の助けで死罪を免れ、左手を失うだけで済んだが、これも法学士の唐沢が仮名倶楽部で水上の意中を代弁し、警部長に彼の無罪を断言する設定の基になったかもしれない。

ただし、恋人に裏切られた男が最後まで許さない設定は、「金色夜叉」（明治三十年一月～三十五年五月「読売新聞」）の貫一と宮の関係とも類似する。芙蓉館の用心棒塚原伝内の名は、尾崎紅葉「三人妻」前編（明治二十五年三月～五月「読売新聞」）九の大谷伝内がモデルだろうから（「塚原」は剣豪塚原卜伝から取ったのだろう）、「金色夜叉」に拠った可能性も捨てがたい。一方、秋山稔「『風流線』の一考察」「『湖のほとり』から『風流線』へ」（二〇一四年四月梧桐書院『泉鏡花　転成する物語』所収）によれば、「湖のほとり」の浦島（巨山にあたる）のモデルは、実在の慈善家小野太三郎と、大富豪木谷藤右衛門・その息子藤谷外茂吉であり、浦島の新夫人桂姫のモデルは外茂吉と結婚した湯浅しげとされる。本作の美樹子にもしげへの思いが揺曳しているかもしれない。水上と美樹子の関係にはこのように複数の素材が考えられ、『隊商』のみの影響とは確定できない。

五、「風流線」の構想

以上に説いた『大叛魁』『隊商』の影響を踏まえて、「風流線」の構想を考えたい。

前述のように、拿沙毘（実はバラオラオ）がイギリス兵に射殺されて巻を閉じる『大叛魁』は、インド（地元の拿沙毘一味）対イギリス（非居住者）の対立を背景に、善とされる後者が悪とされる前者を滅ぼす単純な構図であった。第二部を含めた邦訳で見ても、結局ナナサヒブはマンロー等に殺され、マンロー夫人の狂気は快癒する。この構図を支えるのが語り手であろう。すなわち、拿沙毘側を語る第一、三、四、十五、十六回が全知の語り手なのに対し、万妻側を語る第二、五～十四回（全体の三分の二以上）では毛令《モークレル》という万妻の友人が「余」として語っているため、読者（多くフランス語圏・英語圏）は毛令側から物語を読むことになり、結果的に万妻側が善、拿沙毘側が悪と見なされやすい。法的にも反乱側の拿沙毘が悪とされるため、『大叛魁』と題されたのであろう。

対する「風流線」はどうだろうか。巨山は、「救小屋非人控」（「馬之部」七十二）を作成して「養う人を、内証で皆畜生にして、其を楽《たのしみ》にし」（「馬之部」七十三）、萩原篠（屋島藤五郎の元妻）やお妻（狩谷秀岳の妻）らによって欲望を満たした挙げ句、お龍に擬似父娘姦通（畜生道）を迫る似而非聖人、異常性癖の持ち主であった。本作や「貧民倶楽部」（明治二十八年七月～九月カ「北海道毎日新聞」）を引きつつ、芥川龍之介が「たゞわれ〳〵の心情に訴へる詩的正義」「詩的正義に立つた倫理観」（「鏡花全集に就いて」大正十四年五月五日～六日「東京日日新聞」）を強調したように、作者や読者から見れば地元金沢の巨山らが悪であり（これを意図した戯画化・醜悪化がなされている）、非居住者の村岡・お龍、水上以下風流組が善となろう。善悪を拡大強調してはいるが、構図自体は『大叛魁』と同一といってよい。

　しかし、「冠弥左衛門」（明治二十五年十月〜十一月「日出新聞」）のケース（秋山稔「『冠弥左衛門』考」、前掲書所収）を援用すれば、法的には殺人・傷害・放火・拐かし・家宅侵入等無法を行う風流組が悪であり、それを摘発するのが巨山側の十時警部・七曲巡査らであった。偽善者巨山のお妻への強姦は犯罪だが、周囲に知られなければ「活仏《いきぼとけ》」「活《いき》如来様」（「山駕籠」九）との評判も揺らがない。石川県知事以下の権力者から警部・巡査・訓導まで味方につけ、強大な力を持った巨山に、風流組の村岡・お龍・多見次・力松・捨吉らの「詩的正義」はほとんど敗北する。すなわち、『大叛魁』では非居住者の万妻側にあった正義が、「風流線」では詩的正義が非居住者側に、法的正義が地元巨山側にと分裂し、風流組の詩的正義が巨山らの法的正義に圧伏されようとするのである。村岡や捨吉が拿沙毘やバラオラオに重ねられるのは、同じく法的正義を欠くためであろう。

　特に注意したいのは、イギリス人潘矩が万妻側にあってインド側の拿沙毘と対立するのに対し、「風流線」の水上が、金沢出身であるにもかかわらず、故郷の人々を「不倶戴天の仇敵」（続「竹馬の友」三十七）と憎んでいることである。これは、「因循姑息」で「嫉妬心の深い」、「階級の甚《はなはだし》い」、「傲慢」で「甚しく利己主義」で、「士族根性の強い」「故郷の人」（続「柳の糸」四十）への呪詛に基づく。周知のように、鏡花も「加賀の人間は傲慢で、自惚れが強くて、人を人とも思はない、頑固で分からず漢で、殊に士族など、来ては、その悪癖が判然と発揮されて、」「何だか好かない」云々（「自然と民謡に——加賀——」大正四年十月「日本及日本人」）と語っていた。強烈な怨念を拿沙毘から引き継いだ水上は、元地元民でありながら現在は非居住者として地元民（巨山ら）と対決する両義的存在であり、詩的正義に加え、鉄道建設という大義名分の下、何ら罪を犯すことなく使命を完遂する。本作中で唯一、いずれの正義をも体現して生き残るのが水上なのであり、鏡花の「気持ちを身に体した主人公」（野口久美「泉鏡花『風流線』考」一九八二年八月「上智近代文学研究」）との評は、改めて首肯されよう。

　主として『大叛魁』から摂取された村岡・水上・捨吉・お龍、同じく『水滸伝』から摂取された多見次・力松・捨吉・大和田の太郎と次郎（笠原伸夫「水滸伝の系譜——「風流線」まで——」前掲書所収、手塚論文）ら風流組が対峙するのは、巨山ただ一人と言ってよい。主要人物が次々に死ぬのは『水滸伝』を模したとの意見もあるが（手塚論文）、別の見方をすれば、故郷の人々の存在感は余りに強大だったと言わねばならない。

　最後に、先行研究・前稿と併せ、「風流線」の構想を概観しておきたい。鏡花は「湖のほとり」の構想を基に、投身自殺した藤村操が生きているとする巷説と『大叛魁』によって村岡不二太を設定した。相愛のお龍が村岡と再会し、風流組に受け入れられるのは、『東遊記』と『大叛魁』の「知らぬ火」に拠る。鉄道技師水上・村岡は『大叛魁』の潘矩・拿沙毘から、村岡とそっくりな捨吉はバラオラオから、それぞれ発想された。芙蓉湖にやってくる幸之助を双眼鏡で眺めるのは『偐紫田舎源氏』第二十編、幸之助と美樹子の「畜生道」も同書第二編。巨山の救小屋は小野太三郎の事蹟に拠る。多見次による美樹子奪取未遂は『水滸伝』と『泰西奇譚旅路之空』「波登美救助譚」。水上等の居場所を旗で示すのも『泰西奇譚旅路之空』。「乞食僧」に変装した村岡による告示の抹消は『大叛魁』。捨吉による萩原篠の首切断は『水滸伝』（手塚論文。『隊商』「切り取られた手の話」よりも類似性が高い）。巨山が悪事を行う地下室への抜け穴は『大叛魁』。竪川昇と村岡（実は捨吉）の戦いも『大叛魁』。三太の養母によるお龍呪詛は『七不思議葛飾譚』。お龍・風流組と巨山の対決を龍蛇対蜈蚣《むかで》に見立てるのは俵藤太秀郷のムカデ退治譚。非居住者と地元金沢の権力者との闘争、お龍の形象の一部は『大叛魁』。――このように、具体的な細部から全体の構図に到るまで、『大叛魁』は主要な材源となっていたのである。

むすび

「窮鳥」（明治二十六年十月「根室毎日新聞」）への『瞽使者』の影響（拙稿「鏡花文学第二の母胎」参照）と同様、同時期の『探偵小説活人形』「他人之妻」も思軒訳『大叛魁』の影響下にあった。

　その明治二十六年三月以前執筆と目される（松村友視「鏡花初期作品の執筆時期について――『白鬼女物語』を中心に――」一九八五年十月「三田国文」）未完の草稿「両頭蛇」（ノチ「蛇くひ」明治三十一年二月「新著月刊」）も、蛇を食い散らす非定住の無法集団「応」が富山の豪商と対立し、末尾で「巨魁」の出現が示唆される。「巨魁」という語は『大叛魁』一頁（本稿四頁上段に引用）のほか、二・五二・五五頁等にも見えたし、すると「両頭」とは拿沙毘とバラオラオ、水上と村岡のような二人の頭目の謂かもしれない。蛇は風流組の隠喩でもあった。相似の対立構図を持つ「冠弥左衛門」でも、冠は「一揆の巨魁」（拾遺下）、石村五兵衛と岩永武蔵は「二人《ににん》の敵魁」（同）とされる。

鏡花が元々抱いていた上層階級への反感は、『大叛魁』によって具体的な形象を与えられ、初期作品から用いられたのではないか。その集大成が「風流線」だったのである。

付記　本稿は、二〇二〇年度後期の京都大学における講義に拠る。引用は、特記したもの以外は初出に拠り、通行の字体・パラルビに改めた。［　］内は須田による注記である。

（すだちさと・本学大学院人間・環境学研究科教授）

『国語国文』第九十巻第十一号（令和三年十一月刊）

「生活合理化」に抗する文芸戦略

——『婦人之友』と横光利一「時計」に見る一九三〇年代の〈時間〉表象——

古矢篤史

1、横光利一と『婦人之友』

横光利一の「時計」は、婦人雑誌『婦人之友』に一九三四年一月から一二月にわたって連載された全一二回の長篇小説である。横光はこれに先立って同誌に「花花」を一九三一年四月から一二月にかけて連載している。他にも、小説「壊れた女王」[1]、エッセー「外国語」[2]「日記」[3]「夏にでもなれば」[4]「近傍の美エッフエル塔」[5]「春の瀬戸」[6]を載せており、一九三〇年代前半を中心に執筆の機会の多かったことが確認される。また同誌の一九三〇年一二月号のグラビア記事「子供と一緒に」では横光と長男の象蔵が撮られた写真とともに、「乳の合わせ方は、婦人之友のを見てその通りにやつてみました」と、自身も読者であることや記事内容を体験したことを記した短文を寄せている。[7]このように横光にとって『婦人之友』は、特に「純粋小説論」[8]に向かう一九三〇年代前半の時期において関わりの深いメディアであった。

『婦人之友』（一九〇八年一月創刊）は、羽仁吉一・もと子夫妻が編集していた『家庭之友』（内外出版協会発行、一九〇三年四月創刊）の付録『家庭女学講義』から派生し、『家庭之友』をまとめるかたちで発刊した婦人雑誌である。羽仁もと子が中心となって執筆・編集に携わり、中流家庭の婦人を対象にキリスト教的自由主義に基づいて啓蒙を訴える誌面構成になっている。服飾、料理、育児、家計などといった婦人雑誌に典型的な実用記事も多かったが、時事問題を中心に社会・政治・経済に関する記事も掲載しており、たとえば「時計」連載前後でその執筆者や座談会メンバーを適当にあげても、長谷川如是閑、三宅雪嶺、蝋山政道、新井格、向坂逸郎、河上徹太郎、尾崎行雄、河合栄次郎、谷川徹三、杉山平助、等々と相当な顔ぶれであり、当時としては十分に言論を発するメディアとして機能していた点も指摘できる。そうであるならば、ここに掲載された文芸作品もまた、この言論装置が生みだす言説とどのように交錯するのかが問われるべきだろう。二度の「長篇小説」連載の機会を得た横光の作品は、その問いを考える格好の題材となる。

　今回「時計」と『婦人之友』を取り上げるのは、両者が同一のメディアで展開されながら相反する〈時間〉観念の構想を試みており、どちらも一九三〇年代前半特有の文脈のなかで注目すべきだと考えられるからである。『婦人之友』は一九三〇年代前半から、家庭経済（特に時間と家計）の改善を目的とした「生活合理化」という活動を全国規模で展開する。同誌における「生活合理化」の言説は世界恐慌に端を発し、一九三一年の柳条湖事件（満州事変）、および一九三二年の第一次上海事変などの「非常時」の時局を経て、戦時下のイデオロギーの一種として構成されていく。「生活合理化」に基づいた誌面づくりが進む一方で、横光は「時計」連載開始にあたって「生活を合理化することは出来る。しかし、精神を合理化することは容易に出来るものではない」と書いている。横光はこの時期、文学が産み出す別の〈時間〉に関心を寄せており、〈時間〉を合理化しうるという近代的な時間意識の規範に違和感を表明している。〈時間〉を合理化すべきとするメディアと、合理化できない〈時間〉が存在するという作家。ここから、一九三〇年代前半における〈時間〉性の問題を浮かび上がらせてみたい。

2、「生活合理化」と〈時間〉の思想

横光は、「時計」の連載予告にあたる「作者の言葉」で次のように述べている（以下、傍線傍点は古矢）。

> 生活を合理化することは出来る。しかし、精神を合理化することは容易に出来るものではない。その合理と不合理の間に絶えず立ち現れて私たちを悩ましつづけてやまない暗面のさまには何ものがあるのであらう。私のこの度の小説の中では、主として私たちを苦しめるこの暗面に向つて、読者の眼光をさし向けることに私は希望を持ちたく思つてゐる。希望は光明から来るものと思つたのは、それは前日の誤りである。希望は胸底の暗部から射し現れてこそ希望である。私のこの云ひ方にはいくらかの逆説が含まれてゐるのを、早や炯眼な読者は察せられたことであらうと思ふ。すでにそのやうに生活の暗面は複雑であり、これを云ひ現す言葉は、今はこの稚拙な逆説より他私にはないのであるが、それをおひおひ人物の進展とともに、自ら了解せられることであらう楽しみを持ちたく思ふ。（中略）もし、私の作に何らの興味も感じられない方々があるとすれば、それは必ずそれらの人々のど

こかに眼に見えた幸福が宿つてゐるにちがひない。（中略）しかし、幸福といふものは、何人の幸福といへどもかつて続いたためしはない。この悲しみから小説といふものは生れて来た。それは私が語つたことではなく、歴史が語つて来たことなのである。つまり私はこれからその歴史（時計）を書かうとするのである。(9)

ここで言及されている「生活の合理化」とは、当時の『婦人之友』がスローガンとしていた「生活合理化」に由来している。(10)まず『婦人之友』における「生活合理化」の展開について確認し、その「言説」としての側面を検証しておく必要がある。

小関孝子（二〇一五）によれば、世界恐慌の影響を受けた一九三〇年ごろに新聞や雑誌を通じて「合理化」という語が一般に広がって流行語になり、『婦人之友』はこの「合理化」という言葉に敏感に反応して誌面に取り入れたという。(11)「生活合理化への道」という特集（タイトル）を付した一九三〇年二月号に始まり、『婦人之友』はこの「生活合理化」の概念を徐々に肉付けしていく。折しも、『婦人之友』はこの一九三〇年に「全国友の会」という読者組織を創設し、その全国の各支部で「生活合理化」が研究・実践されることになる。(12)一九三〇年一一月に「全国友の会」の第一回全国大会が開催、その協議会の席で「家庭生活合理化展覧会」（以下「展覧会」）という企画が提案され、翌一九三一年一一月からの東京会場での開催を皮切りに約二年で六十の都市を巡回するほどの大盛況となった。これにより「全国友の会」は、一九三四年四月時点で一四〇の会数、五四八四人の会員数に達した。(13)一九三四年四月号の「花に魁けて開かれる　第四回友の会大会」(14)の記事には、「全国大会開かる　見よ東西南北に連なる友の会百三十七の偉容」と題された、会の支部が全国地図で図解されたものが掲載されている（図1）。これを見ると、北は樺太、南は台湾、朝鮮、満洲、支那にまで及んで支部が設立されており、さらにはニューヨーク、ロンドン、ロサンゼルス、ブエノスアイレス、南洋といった外国の支部まで登録されていることが分かる。

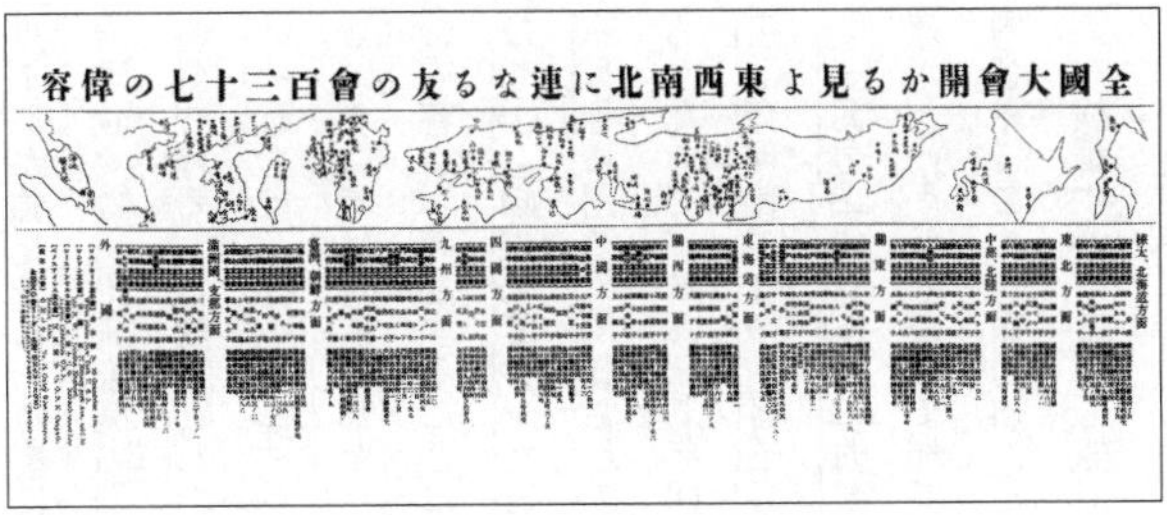

図1

さらに『婦人之友』は、一九三四年二月号から「婦人之友新読者獲得運動」を全国的にスタートし、読者の数とネットワークをいっそう強化することになる。これは、「婦人之友の読者はもつともつと多くなくてはならない」「十倍、百倍、の数でなくてはならない」「所謂非常時である。かういふ時代にこそ、婦人之友の使命の重大さが痛感されます」と提起し、「婦人之友を愛読してゐて下さる皆さまに訴へて、一人の新読者を獲得して頂く」[15]というものである。具体的には、「全国友の会」の会員一人が一人以上の読者を「獲得」すると、その「紹介者」と「新読者」それぞれの氏名が『婦人之友』誌上に掲載されるというもので、紹介者には羽仁もと子筆の短冊が贈られ、また五人以上を紹介すると短冊掛けがプレゼントされるという特典もあった。「新読者獲得運動」の進捗は毎号報告されており、一九三四年十二月号には「十ヶ月間に、ご紹介いたゞいた新読者の総数は実に千四百八十三名」という記録がある。[16]翌一九三五年からは「倍化運動」と活動名を変えつつも同内容の読者獲得を継続している。[17]

このように一九三〇年代前半の『婦人之友』は、単に婦人を対象にした有力な雑誌であっただけでなく、植民地を含む全国規模の読者ネットワークによってその思想や実践を普及させていた。特に横光の「時計」が連載された一九三四年は、この読者ネットワークが強化された時期にあたる。このなかで提唱された「生活合理化」は、中流家庭の婦人を対象にして受容され、この時期を特徴づける「言説」として形成されたのである。

それでは、「生活合理化」とは具体的にはどういうものだったか。ここでは、前述した「展覧会」の内容やこれに関連する記事の内容から確認することにしたい。この展覧会で展示されたものは、①『婦人之友』一九三一年一二月号、および②翌一九三二年一月号に図録で掲載されている。ここに掲載されたものを抜粋するかたちで、一九三二年四月に「婦人之友別冊」として③『家庭生活合理化』という冊子も刊行されている。また、④一九三二年一一月号および⑤一二月号では二号連続で「家庭生活合理化への道」という特集が組まれている。これら①〜⑤に掲載されている内容や、この時期の羽仁もと子の著述から、「生活合理化」の内実を検証することが可能である。

①一九三一年一二月号は「家庭生活合理化号」と題され、「展覧会グラフ」という一一頁のグラビア記事に始まり、さらに九四頁にもわたる「家庭生活合理化」の特集記事が組まれている。②一九三二年一月号は「合理的生活への飛躍号」と題され、同様に「展覧会」に関して一六頁のグラビア記事と四二頁の特集記事が組まれている。前者の号に閉じられている折り込み広告を参考

に、「展覧会」における展示の構成を掲げれば以下のようになる。

第一部　住居
第二部　食物
第三部　衣服
第四部　家計
第五部　協力の生活
第六部　育児
第七部　家事整理

これらは、見出しだけを見れば主婦向けの典型的な内容であるが、それぞれに「生活合理化」の実践が説明されているのが特徴的である。

たとえば「住居」では、「四畳半の主婦室兼裁縫室とその設備」が紹介され、「一室に仕事を纏める」「仕事の能率をあげ、立居の容易及掃除の便利のために洋式にする」「家族共通の持物及消耗品を入れる整理戸棚を置く」「勉強もできるように書棚兼机及ミシン、アイロンを置く」「休息又は一寸した応接をするために籐椅子をおく《ママ》ことも必要」「仕事部屋の位置は子供部屋の隣り又台所の近くにとる」などと、かなり具体的に解説されている。ここでは、主婦が日常的に追われている家事を「合理化」するための手段として、「仕事」も「休息」もできる「新時代の主婦にふさはしい」主婦専用の部屋をつくることが説かれている。[18] また、「四家族の単位、最小限度のグループ住宅」では、「主婦の生活の繁雑さを取除くために最もよき方法として、グループ住宅」が提案され、「共同で一つ」の「素晴しい」台所や子供部屋、浴場、水洗式の便所を持つことで、さらに「一軒には主婦が一人でよい。だから、ここでも主婦は一人、あとの三人は自分の時間が出来る」という「当番主婦」制を導入することもでき、実際にグループ住宅で暮らす主婦の体験が載せられている。[19] これは、中流家庭の婦人たちからすれば、「一室」にとどまらず「住居」ひいては「家庭」そのものまで解体を迫るものと言えるだろう。

①「家庭生活合理化号」の巻頭言で羽仁もと子が「生活合理化の第一は、いつ考えても時間の問題です。我々の生命の半面は時間そのものです」[20]と述べているように、「合理化」の第一の主眼は、日常生活の無駄を減らしていかに主婦の〈時間〉をつくりだすか、ということにあった。「住居」においては上述のように日常の「仕事」を集約した部屋や共同生活の住宅をつくることが勧められ、「食物」においては「新しく作った和洋なしの食器一切」のように「これまで食器に対して持つてゐた偏見を取り去」って「和洋いずれの場合にも使用」できるようにして「台所の能率のレベルを高くする」ことが説かれる。「衣服」においても「労力」

や「不用品の始末」「選択に要する時間」などの観点から「洋服」が推奨され、「家事整理」でも片付け方や持ち物の数の見直しが図られている。

　伊藤美登里（二〇〇二）は、羽仁もと子の〈時間〉思想について、「家事時間の節約によって生み出された時間を、主婦自らの修養のため、あるいは社会的活動のためにあてるのが彼女の目的だった」[21]と述べている。伊藤が指摘するように、羽仁もと子は『家庭之友』一九〇三年一二月号に「主婦の時間割」を掲載したのを皮切りに、婦人（ひいては他の家族成員）の時間割をつくることの必要性を説き、家事に費やされる〈時間〉の調査を行うようになっていく[22]。ここでは、一九三〇年代の『婦人之友』における「時間割」および「時間調査」の動向を確認してみよう。

　まず「時間割」について。羽仁もと子は一九〇七年から『主婦日記』を刊行し、主婦の時間を可視化して家事の効率化を図っている。「前夜に十分なり十五分なりの特別な時間をつくつて、明日の家事の予定をなし、買物なども思ひ定めて書きつけて置く」[23]とあるように、『主婦日記』は「日記」というよりは「予定表」の性格のほうが強い。今回「展覧会」開催の前月に刊行された昭和七年版（一九三二年一〇月発行）を入手することができたので、これを参照してみよう。内容は大きく、前半の「日記欄」と

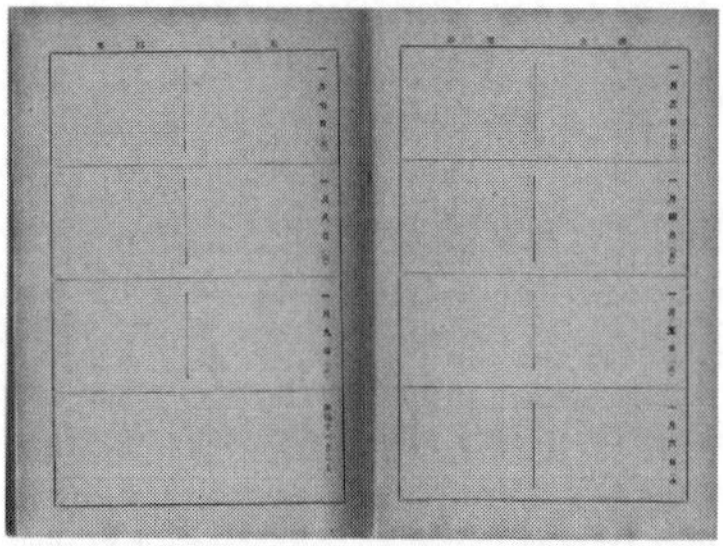
図2　「日記欄」

図3　「生活表」

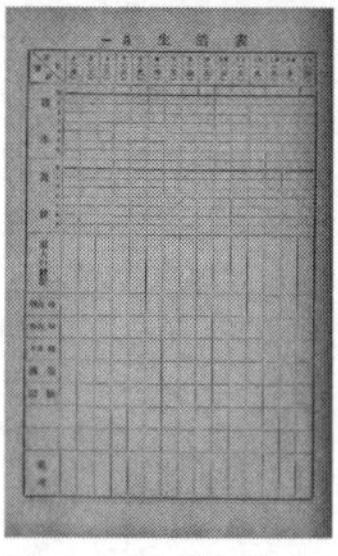
図4　「主婦時間表」

後半の「家庭生活表」に分かれ、巻末に「主婦便覧」という附録が載せられている。本稿の論旨上注目されるのは、一日単位で献立と用事の予定を記入していく「日記欄」（図2）、家族全員の起床や就寝、食事の時間などを管理する「生活表」（図3）、朝食前・午前・午後・晩食後に分けて時間割を定める「主婦時間表」（図4）などである。特に特徴的なのは「生活表」だろう。これは「毎日寝る前に（中略）一日のわが家の生活を思ひ返して」「家族のもののみんな健康に、各各の勉強や仕事をきちんとしたでせうか、定めた時間通り揃つて食事が出来たでせうか、それらのことをこの表に書き入れてゆく」というものである。たとえば

就寝時間が一人でも遅れればそれが記録され「不規則な線を描くやうになる」という仕組みになっており、家族全員の〈時間〉遵守によって凹凸のない棒線を描くことが目指されているのである。[24] このことからも明らかな通り、〈時間〉の合理化は女性の修養向上という目的を超えている。〈時間〉は測定可能で管理可能なものであり、したがって効率化できるものであり、それが主婦個人のみならず家人全員の〈時間〉や健康にも及ぶことで、家庭ひいては社会のために効率化しなければならないものと認識されていくのである。

一九三〇年代に入ってから『主婦日記』や「展覧会」を通じて、こうした「時間割」の占める重要性が強化されたと見てよいだろう。一九三〇年一〇月号の「家庭総動員」という特集の一編「家庭の時間について」では、「社会のために（中略）私たち主婦は自分の時間を持たなくてはならない」とし、「空想する時間割」（中川幹子）、「理想的な一週間の時間割」（高良富子）、「時間の厳守と規則的なこと」（山川菊栄）などの「時間割」の必要性を説く記事が載せられている。[25] 女性の時間をつくるということが社会奉仕に接合されていく過程を十分に読み取ることができる。

次に「時間調査」について。[26] 一九三二年八月号では、睡眠時間と晩食開始時間を尋ねるアンケートの回答結果をもとに、「主婦に与へられる休息の時間」についての調査が行われている。続く④一九三二年一一月の「生活合理化への道」号ではさらに本格的になり、「一日の時間割」つまり休息時間だけでなく「ありのままの自分の一日」[27] 全体を調査している。羽仁もと子はその結果を見て「大多数の主婦の生活が、ずゐぶん消極的な貧弱なもの」と評価し、座談会を利用して〈時間〉捻出の具体的な方法について議論している。[28] また、この調査で得られた回答のうちから「かしこい例」を紹介した記事「私の時間割の実際」[29] では、「時計を見よ」「一家族の時間割」「主婦が語学勉強」などの読者投稿が実際の時間割とともに掲載されている。この読者投稿欄には頁上部に「時間割」の重要性を説くコピー文が掲げられており、「時間に対する真剣な自覚が主婦を解放する」「一日のうち五分でも十分でも社会にさゝげよ」「協力せよ！ そこから余裕が生れる」等々、主婦の〈時間〉の合理化によって社会（ひいては国家）に奉ずる点が重視されているのが分かる。

3、戦時下のイデオロギーとしての「合理化」

〈時間〉を捻出することと同様に、羽仁もと子は家庭生活の旧弊による無駄な費用をいかに削減できるかを検証し、家計簿等による「家計」の管理を強く促している。樋口幸永・近藤隆二郎

（二〇一一）が指摘しているように、「羽仁は、家計についてはその状況を知るために予算をたてて家計簿をつけることを、そして日常生活については上述した「時間割」を提示して予定を立てることを勧めた」[30]のであり、「生活合理化」において両者はまっさきにその対象とされたのであった。

「展覧会」においても、たとえば前述した「住居」の「グループ住宅」は四家族が居住を共にすることで費用面の合理性も強調されているし、「食物」でも「栄養的に考へた安価な食品献立」などのように「安価」という点に重点が置かれている。特に「衣服」に関しては「婦人の和服と洋服の費用及び労力比較」「和服から洋服になる経済的の仕方とその費用、その労力」「男女小学児童及び学生の理想的服装とその費用」「男子の理想的服装一年間の費用」「寝具一切とその費用」というように、展示の大半がことさら「費用」を強調するものになっており、その結論として和服よりも洋服のほうが「簡単」「経済」「手入れも容易」であり「一年中どんな場合にでも充分に間に合ふ」ことから「あなたの服装を洋服に！　それがまづ合理化への第一歩です」という洋服移行の主張になっていくわけである。

「展示会」の「家計」のセクションでは、「新家庭・夫七十五円妻十円の家計から二ケ年間に六ケ月分の生活準備金四百三十八円を得る工夫。各費目一年間の詳細」に始まり、職業ごとの「家計」、「実験による教育費の研究」、「家計簿のつけ方。一家の予算会議」など、かなり具体的かつ実用的な内容が展示されていることが分かる。こうした家計管理のなかで目標とされているのが「生活準備金」で、単なる貯蓄とは異なり、「昨年度の収入で今年の生活をしてゆく」ことで有事の際にも対応できるような生活が理想とされているのである。

また、⑤『婦人之友』一九三二年一二月号では「主として家計を健全にするために」と題した特集が組まれ、「われら家計の問題」[31]という読者投稿や「教育費の問題について」[32]という座談会などで「家計」の問題をとりあげている。以上のように、「生活合理化」においては〈時間〉と「家計」はともに主軸となる両翼の概念であった。

言うなれば、「生活合理化」おいて〈時間〉と「家計」は計量可能なものであり、ともに経済的であることが求められる近代的な資本として扱われている。[33]『婦人之友』は創刊当初から「家庭は質素に社会は豊富に！」というスローガンを掲げており、その意味では〈時間〉「家計」の合理化はいずれもこの一九三〇年代前半の時期になって初めて現れたわけではないが、問題は、こうした「生活合理化」の言説が戦時下の文脈に接合されやすい側面を有していたことである。言い換えれば、「家庭は質素に社会は豊富に！」のスローガンひとつとってみても、満州事変の以前と以後では同一のテクストでありながら異なる意味合いを持つことになるのである。もともと「展覧会」は世界恐慌を受けての企画であり、「生活合理化」は一九三〇年代前半特有の文脈のなかで構築された側面を見落としてはならない。

「展覧会」の掲載された二つの号の、他の記事に目を向けてみれば、奉天の「友の会」会員による「満州事変突発のその日」という報告記事や、当時早大教授だった社会学者・政治学者の杉森孝次郎による「満洲問題と国際聯盟」という時事解説記事、松岡久子「満鮮の友に語る」などが載っており、誌面に戦時色が滲んでいることは明らかである。このような時局のテクストと並行することで、「生活合理化」の記事も連関し、その網目において時局の「言説」として立ち現れることになる。「小より大へ！　孤立より協力へ！　家庭より社会へ！　一歩を進めよ！！！」というう「展覧会」のコピー文も、小＝家庭・大＝国家という枠組みを容易に喚起させる言説装置になり得たと言えよう。

この「展覧会」と同時期に、羽仁もと子が満州事変、第一次上海事変を強く意識していたことは、「合理的生活への飛躍号」（一九三二年一月）に掲げられた巻頭言からも見て取れるだろう。羽仁は、東京での「展覧会」が盛況に終わったことを受けながら、次のように述べている。

さうしてまた私にいま一つの希ひがあります。約めていへば、『どうか私を戦場に行かして下さい』この希ひです。満州事変以来、零下何十度といふ所に、多くの兵士の、相互に夜の目も寝ずに国を守つてゐることを、いろ〳〵に思はせられたことからです。慰問袋よりも何よりも、どうか私を戦場に行かして下さい、と私はさう希はずにゐられなくなりました。(34)

羽仁のなかでは、「展覧会」の後に「戦場」が、つまり「生活合理化」の延長線上に「事変」の問題が接続されている。羽仁はキリスト教に基づく平和主義の立場から「親善」「すべての人類の真の利害の一致」「軍備撤廃」などを語りつつも、「弱い私も、これから国のためにその苦しい愛国の戦場に立つ一人でなくてはならない」と声をあげている。(35)「武力」が行使されている現状を認識しながらも、東洋の「平和」の実現を大義として「戦場に立つ」という「愛国」者という姿が、戦時下における日本の戦争肯定の理屈からさほど離れていないのは言うまでもない。たとえば羽仁は「中華民国の学生と時局について語る」という座談会の席で、中国人留学生に対して「私があなた方のお国についていやに感じてゐることは、あの排日教育です。日本と戦へ戦へといふ教育をしてゐるのです。あのことからいくさがおこるのだと思ひます」「あなたのいふ力のバランスのとれた平和といふのは武力的平和です。それは刀をさしてゐて、抜かないためにさしてゐるといふのと同じです」などと説示している。羽仁は武力で抑えようとする日本とそれと対等の武力を得ようとする中国の双方を戒めるかたちで「どうか私を戦場に行かして下さい」と主張したいのであろうが、武力があり実際に行使している状況において日中双方に軍備撤廃を要求すること自体が、日本の満洲侵略を実態化することにつながる可能性に羽仁は気がつかない。羽仁はこの後、欧米への旅行に出て日本の国際的評価を目の当たりにしながらも、「キリスト主義」に基づいて「非常時」における「生活合理化」の理論と実践を拡充しようと志向する。

岡満男は羽仁もと子について「問題は、一九三一（昭和六）年九月の満州事変以来十五年におよんだ戦争のなかで、しだいにきわめてファナチックなアジテーターぶりを発揮した彼女の、ジャーナリストとしての姿勢だろう」と指摘し、「時勢が戦争に転ずれば、それに対応させて心の修養を説く形で戦意高揚を扇動的に説くことに、さして心のいたみもともなわなかったのではないだろうか」と述べている。[36]羽仁の「生活合理化」はその性格上、戦時下のコンテクストに回収されやすい内容を有しており、ひとたび満州事変が起これば、羽仁みずから戦時下のイデオロギーに調和を図った側面は疑い得ない。

一九三〇年代の婦人雑誌は十分に時局に対する言論が展開されていたメディアであること、そして総合雑誌や文芸雑誌などとは比較にならないほどの読者数と固有のネットワークによって「言説」形成の場になりえたことを考慮すれば、『婦人之友』の「生活合理化」が戦時下のイデオロギーとして機能しはじめた当時において、これに「連載」されていた長篇小説がどのように位置づけられるのかを検証しなければなるまい。では、横光が「生活合理化」に対して「精神不合理」を突きつけたことには、どのような文学上の意義が見出されるのだろうか。

4、「時計」における「新しい時間」

「時間」を主眼とした「生活合理化」イデオロギーとの関係を考えると、横光が連載小説のタイトルを「時計」としたことは示唆的である。これまで、このタイトルの由来については、横光自身が前掲の連載予告で「私はこれからその歴史（時計）を書かうとするのである[37]」と書いたことのほかに、「男女の交渉のからくりをその歯車に倣らへたものであり、主人公の宇津がピアノの調律をやる所から、そんな機械的な聯想も湧かうといふものである」（河上徹太郎[38]）、「主人公の宇津が「心に時計を持つてゐる人間」として描かれているからである。ここでも主題は「男女間」の〈揺れ動く愛情〉心理である」（井上謙[39]）、等々の参照や考察がなされてきた。しかし、『婦人之友』の読者でもあり、この長篇小説を書くにあたって「生活合理化」に触れた横光が、この雑誌における〈時間〉の問題を認識していなかったとは考えにくい。少なくとも「時計」という題名をつけて「精神を合理化することは容易に出来るものではない」と述べたことからしても、「時計」が『婦人之友』における戦時下の言説と呼応した創作物であると捉えるべきではないか。

一方、横光が「生活合理化」に直接的に言及しているのはこの連載予告だけに限られており、横光が「時計」において『婦人之友』の〈時間〉言説にどう応答していたかを問うことは容易でない。そこで、横光がこの時期に〈時間〉についてどのような考察を示していたかを検証してみよう。注目されるのは、小説が生みだす「新しい時間」というものに横光が着目していたことである。

> 私はやはりこの作の優れたところは、ドストエフスキーの新しい時間の発見だと思ふ。ここでは偶然が偶然を生んで必然となり、飛躍が飛躍を重ねての何の飛躍もない。秩序は乱雑を極めながら整然としてゐるにもかかはらず、めまぐるしい事件の進行や心理が一時間後に起る出来事の予想の片鱗をさへも伺はせない。しかるにもかかはらず、私たちはどうしてこれらの脈絡なき進行から必然を感じるのであらうか。新しい時間はここに潜んでゐるのである。この新しい時間の中では、突如とした一行為が心理を産み、心理が行為か行為が心理か分らないうちに、容赦なく時間は次から次へとますます新しい行為と心理を産んでいく[40]。

「時計」連載直前、連載予告である「作者の言葉」と同時期（一九三三年一二月）に掲載されたこのドストエフスキー論は刮目に値する[41]。この「新しい時間」について、横光は別のエッセーでも次のように補足している。

> 知性は心理の重複に対しては、心理が重複してゐるといひ得る権力と、重複した心理の焦点を合すことが文学だと云ひ得る確信とを持つだけである。しかし、このとき重複にさい

して誤る誤りそのものは、誤りとしての特有の実体を持つ場合に、これを保存する能力といふものはいつたい何ものであらう。私たち作家は、この保存されたる誤りの実体に頭を突き込まねばならぬのだ。（中略）ここへもつとも迫つたものはドストエフスキイである。言葉は奇怪であつたが私の新しい時間といつたのは、この誤りの実体のことを云ひたかつたがために他ならない。[42]

ここで横光が重視しているのは作品が「新しい時間」を生みだすという文学の作用であり、その作用の内実は、「次から次へとますます新しい行為と心理を産んでいく」「心理の重複」という「心理」の予測不能な輻輳という点に特徴づけられている。横光のこの「新しい時間」という問題意識は、短篇小説「時間」（『中央公論』一九三一年四月）あたりに着想があったのだろう。すでに指摘されているように、この作品は「時間」という題名でありながら、近代的なクロックタイム（直線的に想起され計量可能な時間）とは別の時間性を示したものとして注目できる。[43] 影響関係が指摘されているベルクソン（持続）に限らず、フッサール（内的時間意識）やハイデガー（本来的な時間性）等の二〇世紀初頭の〈時間〉をめぐる諸考察との同時代性にも留意すべきだろう。[44]

従来、この「新しい時間」に関する横光の見解は、「時間」を読解する際や、「純粋小説論」における「偶然」を考察する際に参照されてきた。しかしながら、「時計」連載開始との同時性をふまえると、『婦人之友』における〈時間〉の問題との並行性のほうが興味深い。すなわち、短篇小説「時間」に端を発する「新しい時間」という問題意識を内包し、かつ『婦人之友』の「生活合理化」に抗して「精神の不合理」を唱えて書き出されたことで、戦時下の〈時間〉をめぐるイデオロギーとは別の〈時間〉があることを明示したところに、長篇小説「時計」の文学的な意義が見出されると考えられる。

「時計」は、主要な四人の男女（宇津、青木、明子、瀧子）が結婚をめぐって「心理」を揺曳させながら、それぞれに結婚を期待する相手から「身を引く」物語である。調律師の宇津は、明子を親友の青木に譲る目的で明子に掛け合ったり、自身も明子との結婚を求める心があるものの「逃げようと思う心のある以上、自分に結婚する資格はない」「女性そのものを信頼できぬ自己嫌悪が自分をあくまで逃すのだ」などと思案したりして、結果として明子との結婚を逃すことになる。青木も一時は「非常手段」によって明子を「掠奪」しようとすら思考するが、一方で青木は宇津が「私のために身を退けるにちがひない」と自覚しており、

「身を引くといふことは、必ずしも残念なことばかりとは限つたものではない」と改悟して明子に宇津との結婚を勧めるようになる。明子は、信州野尻湖のボート上で見かけた宇津が自分を無視するように帰ろうとしたことに傷心し、峰との結婚を示唆して宇津との結婚を断念しようとする。夫（三笠）と別れた瀧子は宇津との結婚を強引に進めようとするものの、最終的には宇津への未練を残しながらも夫の家へ戻ることになる。

これらの人物たちの結婚を前にした「心理」の輻輳は、たしかに「精神を合理化することは容易に出来るものではない」という作者の構想を体現し、計量可能で客観的な〈時間〉とは異なる「新しい時間」の成立を企図したものであると、ひとまずは言ってよい。この企図が作家にとっても意識的であることは、作中の宇津の「人といふものはめいめい勝手に、今の自分のやうに眼に映つた特種なものを継ぎ合せて、自然に独特の世界を構想して、それで世の中を見ようとしたがるものだ。そのそれぞれの勝手な構想が入り混つて、初めて客観世界を造つてゐる」という思考からも明らかである。しかし、予測不能な内面の描写がなされているからといって、それが近代的な時間制度を相対化するほどの文学の作用だと評価するまでには至るまい。実際、この作品の「心理」描写は通俗的なモラルに基づくものであり、道徳的に見ればむしろ合理的に収束していく傾向が指摘できる。宇津が明子から「身を引く」のは、無意識に明子を「誘惑」していた自分の「狡猾さ」「仮面」を「苦痛」に感じる自己批判意識や、「生活の不安」や「明子の家の確定的な不同意」という問題から「結婚する資格はない」という身の丈に応じた判断、また親友のために結婚を控えるという友情によるものである。青木にしても、「暴力」によって明子を奪取しようと考えはするものの宇津に忠告されれば「ぢや、やめよう」とあっさり撤回しているし、宇津との殴り合いの喧嘩も「俺を勘弁してくれ、俺が悪い」と自分から撤収したり、最終的には宇津が身を引かないよう明子に手紙を出すなどの行動をしている。彼らの「心理」は良識的には理にかなっていると言うべきであり、これらの「心理」の描写のなかに近代的な時間意識を相対化するような「不合理」を看取するには無理がある。

ところが、「時計」のテクストは思わぬかたちで「不合理」を表象している。横光は四人の男女の「心理」の輻輳を作品の主題として描いており、そのことに作家自身からすれば「精神の不合理」を示すねらいがあったと思われるが、にもかかわらず、どういうわけかこの作品には主要人物でありながらその「心理」が言語化されない登場人物がいる。連載第一回から登場し、物語の中核となるような描かれ方をされながら、最後までシルエットのように不可解な存在のままでいる、峰という青年である。峰はこの作品において特徴的な描かれ方になっている。

まず峰は、宇津を介してしか登場することがない。この長篇のなかで峰が登場するのはわずか三回で、一回目は冒頭の演奏会の場面である。宇津は、明子が「友人の兄」すなわち峰に言及したことを思い出し、演奏会で「もしかしたなら、今日はこの聴衆の中に、その友人の兄といふ人物が潜んでゐるかもしれたものではない、いや、きつとゐる。ゐなければならぬ」とまで疑い、これに呼応するかのように「ふと」峰が登場する。

> 宇津は力を落としながらも明子の進む方向を見守つてゐると、ふと、後ろの方で明子をぢつと見詰めてゐる一人の青年の視線に逢つた。それは、その瞬間、宇津に一切の音響がぴつたりと停止したかのやうに思はれたほど、端麗な顔をしてゐる長身の青年であつた。
> 「あれだ。」
> 何ぜともなく宇津はさう思つた。
> 「間違ひはない。」(45)

ここでは峰は、宇津の視点から「淡麗な顔」「切れ目の長い光る眼」「幾分憂鬱さうな口もとと顎」などの表面が観察されるばかりで、峰の内面を描出するような叙述はいっさい見られない。明子が峰を意識したような仕草をするという叙述も、宇津がそう感じているにすぎないと言えるもので、はたして峰が客観的に存在するのかすらも不確かな描かれ方になっている。

峰が二回目に登場するのは、峰の妹の美津子のところでピアノの調律をしていた宇津の背後に、突如出現する場面である。

> しばらくすると、宇津の後ろに人が一人黙つて這入つて来て眺めてゐる気配がした。ふと振り向くと、急に宇津は額に電流のやうなショックを感じた。あの演奏会で出逢つた典雅な例の青年である。宇津は一礼してからすぐまたピアノの鋼線に向つたが、かすかに微笑をもらしたまま黙つてゐる青年の顔は、ぢりぢりと背中に食ひ入つて来るやうに思はれた。総てが今宇津には分つたやうな気がしたのである。瀧子も、明子も、雪枝も、外山も、誰も彼もの女性はみな彼を愛してゐるのだ。いや、もうそれにちがひはない。はははは、青木の奴、駄目だ。――何となく、とどめを刺されてゐるやうな苦痛な青木と三笠の顔が、不意に自分に変つて来た。(46)

宇津と峰が直接的に対面する唯一のこの場面は特に特徴的である。ピアノの調律をする部屋のなかで、宇津は峰と三つの対話パターン――(A)顔を見て対話、(B)背中を向けて対話、(C)峰が部屋を一時退室――によって、以下の順に接触する。

(A)部屋に入って来た峰を宇津が「ふと振り向」いて一礼する。

(B)調律しながら宇津が峰と会話する。

(A)宇津が「顔を上げてちらりと青年を見」ながら会話する。

(C)峰が部屋から一時退室する。

(B)戻って来た峰の顔を見ないで調律を続ける。

(A)においては、宇津の心理は「強いショック」を受けて大きく錯綜する。女性だけなく「男性の心も奪ってしまう奇怪な物凄さ」を峰に感じ、「もつと美しい女性達を与へてみたい衝動」「絶望に似たこの青年への愛着」に駆られ、一方で「突如として何か自分を投げ出したい悠々たる心境」になり、突然笑い出すなどしながら、「だんだん不自然な自分の行動があやふやに思はれて来る」「どこまでも一つこの青年に負け通してみよう」など自棄の状態にまで陥っている。峰は「奇怪」と言われながらも特段の行動をとっているわけでもなく、むしろ宇津が「ふと」峰に振り向く、「突然」笑い出す、「と、」ホークを投げ出す、などという「突如とした一行為」によって手に負えない混乱に陥っていると言うべきだろう。(B)においては峰を明視するのを避けようとするが、「誰も彼もの女性はみな彼を愛してゐるのだ。いや、もうそれにちがひはない」「この男はもうこちらの周章ててゐるのを知つてゐる」などと疑ってはそう思い込んでしまう。(C)においては、峰が向かったと思われる「隣室」でそれまで談笑していた明子たちの声が停まり、宇津は「明子のそのときの顔が眼に見えた」などと空想に囚われながら、「自分が何もせずに隣室の物音に聞き耽つてゐるのに気がついて、腹立たしさに手にしてゐたホークをそこへ投げ出した」などと動揺を抑えられなくなる。宇津は調律を終えると逃げるように帰っていき、「自分自身が今日ほど腹立たしく思つたことはまだなかつた」と感じては、「ただこの身を、踏みつぶしてしまひたい衝動」に堪えきれなくなり、「一番堕落した、眼もあてられない悪い行い」を考え求めるまでに困惑する。

この場面でも峰は果たして存在するのかすら不確かな描かれ方であり、語弊を恐れずに言えば、宇津の内面において仮構された人物と読んでも差し支えないほどである。つまり、ここで重要なのは宇津の「心理」の輻輳状態であり、峰の存在の不確実性こそが宇津の同定不能な「心理」の様相をよく表していると考えられる。

　このような峰の描かれ方がさらに極まるのが、峰の最後（三回目）の登場となる、信州野尻湖で宇津がボートに乗って明子に接近する場面である。宇津は明子を追いかけて野尻に到着した当初は、「ここは何と頭の休まるところであらう」とひとときの平静を得ることができ、「明子に逢はずに早く帰るとしよう」とする。しかし宇津は、ボートを借りて湖上を旋回していたところ、明子と峰らしき「男女の一組」を発見する。

　すると、そのとき、彼は男女の一組を乗せたボートが、ほとんど顔面の見分けのつかぬ程度のところを、彼と平行して動いていくのを見つけた。その瞬間、彼は胸が不安な鼓動のために高まつて来るのを感じた。
「たしかにあれは明子だ。」とかう宇津は思つたのである。
　しかし、明子の方では宇津の方を少しも向ふとはしなかつた。（中略）宇津は明子と同乗の男の姿を峰の兄だと思つた。彼は幾らか前に進んだ明子のボートに追ひつくために、またオールを動かした。しかし、彼は彼女に近づいて、彼女が明瞭に明子であるかどうかを見極めようとはしたくなかつた。(47)

　このボートの場面は注意を要する。宇津は、この「男女の一組」が明子と峰であることを最後まで一度も確認していないのである。宇津は「ほとんど顔面の見分けぬ」という距離で「男女の一組」を明子と峰だと「思つた」にすぎない。宇津は「明瞭に」見極めることもしないまま、明子と峰が「このやうなことは、当然日常事として行はれてゐることは、疑ひのないことにちがひなかつた」であるとか、「恐らくこのひと夏の峰の兄は、明子と自分のことを知つたとすれば、必ず必死の活動をしてゐることにちがひない」などと勝手な決めつけを繰り返す。その後も、宇津は相手のボートに接近するものの、「このままもう明子を見ずに」「明子を判然と見定めてない」ままに留まり、また「峰に自分の姿を見せなかつたことが、俄に物足らなくなつて来た」と考えながら、結局そのままボートを降りて宿に帰っていく。宇津は、前述のピアノの調律の場面で峰を直視しなくなったことに続き、ここでは明子すら明視不能な状況に陥っている。結果として、この場面は宇津の行為と心理の描写のみに終始しているのである。

　峰が登場する三回の場面を中心に精読すると、「時計」はまさに横光が企図した「突如とした一行為が心理を産み、心理が行為か行為が心理か分らないうちに、容赦なく時間は次から次へとますます新しい行為と心理を産んでいく」という「新しい時間」をよく表現した作品だと見做すことができる。上述したように、単に宇津を含む主要な登場人物らの心理や行動を追うだけでは、それらはいずれも道徳的に制御可能なものとして描かれており、「不合理」の表象を見出すことはできないだろう。しかし峰は、彼らが共通して有している道徳的な判断基準とは無関係に存在する。青木が峰について「得体の知れぬちんちくりん」、「人心撹乱術にかけちや、あ奴は全く天才」、「悠々と悪をやりよる」、「道徳性」が「あらうとは思へない」などと過剰なまでに言うように、峰はこの作品において道徳的な価値観を適用しえない人物として描かれている。そして、明子と峰の結婚が最悪の選択肢であることを登場人物全員が感知していながら、物語はそれを止めることができない。作品の終盤、宇津が「峰さんと結婚」について明子に「いけませんそれや。失敗しますよ」と反対して「僕と結婚して下さいますか」と申し入れるが、明子は峰と結婚するつもりであることを仄めかして宇津を拒否する。宇津は「今宵の自身を破滅に導く動力に従ふ意志」に動かされるままに行動することしかできなくなる。

峰は、言わば、宇津の裏面、影（メタファー）のような存在である。宇津が周囲から「この上なく信頼されて喜ばれ」て明子や瀧子らの女性からも好意を得ているように峰も「誰も彼もの女性」から愛されており、宇津がそのように周囲から好意を得るのを「その手を心得てゐる」ように峰も「人心撹乱術にかけちや、あ奴は全く天才」なのであり、宇津と峰は共通点を強調するような書かれ方が意識的になされていることは間違いない。しかし決定的に異なるのは、宇津が「良心の呵責」を感じて道徳的に自己をコントロールするのに対し、峰はそのような内面すら描写されず、どの人物も峰の存在や道徳性を明視できないことである。峰は登場人物それぞれの制御しえない内面そのものとすら見做すこともできよう。「時計」はこのようにして、宇津を中心に男女らが道徳的に「身を引く」という「合理」の物語を一見装いながら、しかし、峰によってその道徳的な心理や行動が崩されてしまう「不合理」の物語として成立している。それは、まさに横光が「精神を合理化することは容易に出来るものではない」と述べ、文学によって「新しい時間」を実現しようとした戦略に適うものだと評価できる。そしてその文芸戦略は、女性の生活を中心に家族、ひいては国家を「合理化」しようとする時局のイデオロギーに対し、安易には合流しない（できない）人間的精神を可視化するものとしてあったのである。

5、おわりに

本稿では、横光が「時計」を連載開始する際、『婦人之友』の「生活合理化」に批判的に反応していたことと同時に、小説において「新しい時間」の成立を企図していたことに注目し、メディアと文学が同時期に異なる〈時間〉を志向していたことを明らかにした。横光が直接的に「生活合理化」の内容を批評した記述を確認することはできないが、「時計」という長篇小説が〈時間〉をめぐる時局のイデオロギーを相対化するものとして読みうることは重要である。そしてこのことは、横光にとって「純粋小説論」における次の記述のように、「純粋小説」を成立させていくための不可欠な足掛かりとなったのではあるまいか。

> 登場人物各人の尽くの思ふ内部を、一人の作者が尽く一人で掴むことなど不可能事であつてみれば、何事か作者の企画に馳せ参ずる人物の回転面の集合が、作者の内部と相関関係を保つて進行しなければならぬ。このときその進行過程が思想といふある時間になる。[48]

ここでも「ある時間」と言っているように、この時期の横光は文学的概念として〈時間〉という語を多用している。世界恐慌や満州事変を経た事変下のなかで〈時間〉をめぐる時局の言説が形成されていく時期に、婦人雑誌としてその言説形成の筆頭にあった『婦人之友』の長篇小説欄で、横光はまったく別個の「新しい時間」を文学において見出そうとしたのである。そのタイトルの「時計」とは、生活を計量してコントロール（合理化）できる近代的産物としての時計ではもちろんなく、人間精神が本来的に有するような計量不能な「新しい時間」を描くための装置、すなわち「文学」そのものだったのではなかろうか。そのような意味において、横光が「純粋小説」と呼んで書き継いだ一連の通俗小説は、時局のテクストに抗する「新しい時間」を生みだす試みだったのである。

※本稿はJSPS科研費20K12935における研究成果の一部である。

〈注〉

（1）「壊れた女王」、『婦人之友』一九二五年八月
（2）「外国語」、『婦人之友』一九三〇年六月
（3）「日記」、『婦人之友』一九三一年九月
（4）「夏にでもなれば」、『婦人之友』一九三二年七月

(5)「近傍の美エッフェル塔」、『婦人之友』一九三六年一一月
(6)「春の瀬戸」、『婦人之友』一九四一年四月
(7)「子供と一緒に」、『婦人之友』一九三〇年一二月、一一頁。
(8)「純粋小説論」、『改造』一九三五年四月、三〇二―三一五頁
(9)「新年号文芸欄予告／長篇小説『時計』／作者の言葉」、『婦人之友』一九三三年一二月、八三頁
(10)「時計」の先行研究では、杣谷英紀が『婦人之友』の「生活合理化」に言及している（「『時計』――〈誘惑〉する純粋小説――」、『国文学解釈と鑑賞』二〇〇〇年六月、一一八―一一九頁）。
(11)小関孝子『生活合理化と家庭の近代　全国友の会による「カイゼン」と『婦人之友』』、勁草書房、二〇一五年二月、八四―八五頁
(12)小関孝子は、「『婦人之友』が、羽仁もと子の思想に基づいた生活を広く伝えるという情報発信機能を持っている一方で、「全国友の会」は羽仁もと子の思想に基づいた生活を研究し、実践する機能を持ち、両者は羽仁もと子思想によって結びついた並列の関係である」「生活合理化を社会に広めるための両輪なのである」と指摘している（小関孝子、前掲、七頁）
(13)小関孝子、前掲、一〇四頁
(14)「花に魁けて開かれる　第四回友の会大会」、『婦人之友』一九三四年四月、二六八―二七五頁
(15)「全国の愛読者の方々にお願ひします」、『婦人之友』一九三四年二月、二七〇―二七一頁
(16)「新読者獲得運動　報告その10」、『婦人之友』一九三四年一二月、二七六頁
(17)「婦人之友新五年計画　倍化運動の報告」、『婦人之友』一九三五年一月
(18)「新時代の主婦にふさはしい仕事部屋」、『婦人之友』一九三二年一月、一一頁
(19)「四軒の集合住居」、『婦人之友』一九三一年一二月、一一―五頁。「四家族のグループ住宅」、『婦人之友』一九三三年一月、一六頁
(20)羽仁もと子「友への手紙　生活合理化」、『婦人之友』一九三一年一二月、三六頁
(21)伊藤美登里「家庭領域への規律時間思想の浸透　羽仁もと子を事例として」、橋本毅彦・栗山茂久編著『遅刻の誕生　近代日本における時間意識の形成』、三元社、二〇〇一年八月、二〇〇頁
(22)同、一九一―二〇七頁
(23)「はしがき」、『主婦日記　昭和七年』、婦人之友社、一九三一年一〇月（頁数不記載）
(24)「生活表のつけ方」、『主婦日記　昭和七年』前掲（頁数不記載）
(25)「家庭の時間について」、『婦人之友』一九三〇年一〇月、四一―五三頁
(26)西本郁子『時間意識の近代「時は金なり」の社会史』（法政大学出版局、二〇〇六年一〇月）は、『婦人之友』が家事時間の見直しのために様々な実験を行い記事にしたことに言及している（二四四―二五三頁）。
(27)「緊急課題」、『婦人之友』一九三二年一〇月、二五七頁
(28)「主として若き家庭人のために――主婦の時間をどうして作り出すか――」、『婦人之友』一九三二年一月、五〇―五九頁
(29)「私の時間割の実際」、『婦人之友』一九三二年一一月、六八―七六頁
(30)樋口幸永・近藤隆二郎「「全国友の会」の「時間しらべ」にみられるライフスタイル指標の変容」、『日本家政学会誌』二〇一一年二月、八三頁
(31)「われら家計の問題」、『婦人之友』一九三二年一二月、四八―八三頁
(32)「教育費の問題について」、『婦人之友』一九三二年一二月、八四―

九六頁

(33) 伊藤美登里は、羽仁もと子の時間割を「基本的な発想は時間と貨幣をパラレルにとらえ、家計の予算と同様に時間の予定を組むというもの」と指摘している（『現代人と時間――もう〈みんな一緒〉ではいられない』学文社、二〇〇八年一一月、八八頁）

(34) 羽仁もと子「友への手紙　めでたし、恵まる、ものよ」、『婦人之友』一九三二年一月、三七―三八頁

(35) 同、三八―三九頁

(36) 岡満男『この百年の女たち――ジャーナリズム女性史――』、一九八三年五月、四一頁。また、岡は『婦人雑誌ジャーナリズム　女性解放の歴史とともに』（現代ジャーナリズム出版会、一九八一年二月、一六八頁）においても、羽仁もと子について「日中戦争いらい、戦争の進行とともに、戦争協力の姿勢をひたむきにたかめたといってよい」と述べている。

(37)「新年号文芸欄予告／長篇小説『時計』／作者の言葉」（前掲）

(38) 河上徹太郎「解説」、『横光利一全集　第六巻』一九五六年三月、三四五頁

(39) 井上謙『横光利一　評伝と研究』、おうふう、一九九四年一一月、二八〇頁

(40)「悪霊について」、『文藝』一九三三年一二月、九三頁

(41) 横光は「純粋小説論」においてもドストエフスキーの『罪と罰』に言及している。

(42)「覚書」、『文藝』一九三四年四月、四頁

(43) 野中潤は「大部分が数量化されない「主観的」なもの」「数値化されず交換可能なものになっていない」「「近代」的な時間はこの小説には描かれていない」と指摘している（『横光利一と敗戦後文学』笠間書院、二〇〇五年三月、二三四頁）。山本亮介はベルクソン哲学の影響を指摘し「科学的合理的な認識では不可能なことであり、「私」の身体をとおしてもたらされた「直観」による、「生きられたもの」としての〈時間〉の感受であった」と考察している（『横光利一と小説の論理』笠間書院、二〇〇八年二月、一八二頁）。

(44) 鳥越信吾は「19世紀以降の諸学における時間論の全体的な流れとして、「近代的時間」の相対化の傾向性の存在を指摘」し、「近代科学が「近代的時間」を唯一の時間として素朴に前提してきたこと、しかしながらそれが唯一の時間観ではないこと、こうしたことが次第に明らかになってきていた」とし、例としてこの三人の哲学者をあげている（「時間の社会学の展開――「近代的時間」観をめぐって――」、『慶應義塾大学大学院社会学研究科紀要』二〇一五年六月、八五頁）。

(45)「時計」第一回、『婦人之友』一九三四年一月、二〇三頁

(46)「時計」第三回、『婦人之友』一九三四年三月、二二七頁

(47)「時計」第一〇回、『婦人之友』一九三四年一〇月、二三〇頁

(48)「純粋小説論」（前掲）、三二〇頁

（ふるやあつし・摂南大学講師）

『国語国文』第九十巻第十一号（令和三年十一月刊）

古代語におけるカナフの可能用法の成立と展開

三宅俊浩

一　はじめに

日本語可能表現は歴史的に様々な形式が担ってきた。そうしたバリエーション豊富な可能形式を、渋谷（二〇〇五）は「可能形式に変化する直前の段階で表したと思われる意味に注目」し、以下の二種（＋その他）に整理した。

①完遂形式由来（補助動詞ウ・キル・オーセル・副詞エ）
↓動作主体の意志の発動によって、ある行為が最後まで行われる／行われないことを表す。

②自発形式由来（助動詞（ラ）ル、カナフ・ナル・デキル）
↓行為が、動作主体の意志のありようとは裏腹に、あるいは意志の有無に関わりなく、非意図的に／自動的に／他力によって実現（成就）する／しないことを表す。

完遂形式のうち、副詞エは渋谷（二〇〇〇）、キルは青木（二〇〇四）に詳しい分析がある。自発形式のうち（ラ）ルについては、可能の意の成立を中世に見る渋谷（一九九三）などの従来説に対し、吉田（二〇一九）で実証的な史的考察がなされ、中古から可能領域の一角に位置づけられると指摘された。以上の形式群については、かなりの部分が明らかになっている。

しかし自発形式由来とされるカナフ・ナル・デキルの歴史は明らかでない点が多い。渋谷（二〇〇五）は可能形式の文法化の総合的整理を目的とするため形式毎の詳細な歴史には触れていない。近世以降のナルとデキルは原口（一九八五）、申（一九九九、二〇〇二）等の研究があるが、カナフの歴史は特に手薄である。可能表現史の構築にあたっては、渋谷の整理を踏まえ、各形式の精緻な歴史記述の蓄積が求められる。

以上を踏まえ、本稿はカナフを取り上げ、可能形式化の詳細を明らかにし、その後の展開について記述することを目的とする。

二　中古カナフの概観

「カナフ」自体は上代から存するが、渋谷（一九九三）はカナフが可能形式として用いられる時期を中世前期（鎌倉期）と位置付ける。例えば次例が渋谷（二〇〇五）で挙げられる。

(1) a　いたく笑て、とどまらんとすれどもかなはず　（宇治拾遺物語　巻14-11）

b　我、此経、読は読み奉る。誦すること、いまだかなはず　（宇治拾遺物語　巻15-8）

これに従えば、可能用法獲得はカナフに生じた歴史的変化として把握できる。よって、鎌倉期を遡る時期のカナフの使用実態を観察せねばならない。

ただし最古の上代には例が少ない。万葉集と続日本紀宣命に2例ずつ見られるのみである（仮名書きは万葉集の1例）。

(2) a　熟田津に船乗りせむと月待てば潮もかなひぬ【潮毛可奈比沼】今は漕ぎ出でな　（万葉集　巻1・8）

b　世の中の遊びの道にかなへるは【世間之遊道尓洽者】酔ひ泣きするにあるべかるらし　（同　巻3・347）

c　瑞書に細に勘ふるに是れ即ち景雲に在り。実に大瑞に合へりと奏せり【実合大瑞】。　（続日本紀宣命　42詔）

d　同国の益城郡の人山稲主白亀を献りき。此は則ち並びに大瑞に合へり【此則並合大瑞】。　（同　第48詔）

しかし用法は共通し、(2b)は格助詞ニが仮名書きされ、(2c)(2d)はニ格と想定される名詞句「大瑞」と共起している。(2a)も「潮目が船出の条件に合致したこと」を表していると考えられ、いずれも「二者の合致」と把握できる。これを踏まえ、次項以降中古のカナフを訓点資料・和文資料から確認していく。

二・一　訓点資料のカナフ

11世紀半ば以前加点の訓点資料4点を調査し54例を得た。ニ格共起例が44例と大半を占め、他にト格と共起するものが7例ある（【　】は原漢文）。

(3) a　時に國に人有リ。罪應に死に合《カナ》フに（應）ゼリ。【時國有人罪應合死】　（地蔵十輪経元慶七年点　七〇頁）

b　菩薩は心は道に會《カな》（ふ）と雖も、形は定方无（し）。【菩薩心雖會道形无定方】　（法華義疏長保四年点　三二八頁）

(4) a　基い経の本を覽《み》て、便（ち）、解と経與《と》符《カナ》へリト（と）謂ふ【基覧経本便謂解與経符】　（法華義疏長保四年点　三六九頁）

b　彼は智恵におきて最とも第一なりト為《す》るに由（り）て、根法と相符へり。〔由彼智恵最為第一根-法相符〕

（法華経玄賛淳祐古点　一五六頁）

残る3例も、ニ格名詞句が明示されないが二者の合致を表すと見られる。上代資料と同じく、全例が二者の合致と把握できる。

(5)　a　今（は）既（に）衆集り、縁《トヽ》和《ノホ》りて、之を警せる（こと）を已に畢へぬ。機器、符《カナ》ヒ〔ヒ〕會《ア》ヒぬ「イ、符會シヌ」。【今既衆集縁和警之已畢機器符會】

（法華経玄賛淳祐古点　一四七頁）

b　感、應（じ）て相ヒ符《カナ》ヒぬ。【感應相符】

（法華経玄賛淳祐古点　三〇二頁）

c　彌勒の忖量は現瑞與《（と）》相ヒ符（ふ）や〔與〕不や。答正（しく）符へリ〔也〕。【彌勒忖量與現瑞相符與不答正相符也】

（法華義疏長保四年点　四〇八頁）

二・二　和文資料のカナフ

日本語歴史コーパス所収の作品の他、散文作品8種[1]を調査し、計240例を得た。

ニ格共起率は訓点資料に比して低いものの、約半数にあたる109例（45.4％）見られる。[2]二者の合致を表すという基本義は概ね引き継いでいるようである。

一方、上代資料や訓点資料では主語名詞句・ニ格名詞句が特定のものに偏在する傾向がないのに対し、和文資料では偏りが認められる。以下、主語名詞句・ニ格名詞句の順に見ていく。

二・二・一　主語名詞句の偏り

主語明示例149例のうち「思ふ」を含む名詞句が多い。「思ふ（思す）＋（助動詞＋）コト」で構成される名詞句（「思ふこと類」）が28例、「思ふ」の連用形名詞「思ひ」が19例見られた。

(6)　らうらうじくをかしき御心ばへを、思ひしことかなふと思す。

（源氏　紅葉賀）

(7)　思ひのごと栄えたまはばこそは、わが思ひのかなふにはあらめ、など思ひなほす。

（源氏　明石）

「思ふ」は思惟行動を表すため、語彙的意味から推察すれば望ましい内容のみを表すとは限らない。しかしカナフと共起する場合は望ましい内容を表している。

「思ふこと類」や「思ひ」を「望み名詞」と括ると、他に「本意21、心・心ざし10、願ひ6、祈り2、大願2、誓ひ1、契り1」（数字は用例数）が該当する。計90例となり、主体の望みを表す名詞が中古和文カナフの主語の一大勢力を形成している。和文資料のカナフは主体の望みを表す用法に傾斜している。

格関係を見ると、望み名詞が主語に立つ90例のうちニ格共起例はわずか4例で、全て和歌に現れる（「心に心かなはざりけり」和泉、「思ふこと心にかなふ身なりせば」更級、「いでやなぞ数ならぬ身にかなはぬは人に負けじの心なりけり」源氏・竹河、「人はいさわが身にかなふ心だに」宇津保・国譲中）。文芸的色彩としての用法か、あるいは音数律による要請か不明であるが、散文では「望ましい事態の実現」を表す一項動詞として機能している。

二・二・二　ニ格名詞句の偏り

主語名詞句の観察から、心的活動を表す名詞句への偏りが特徴であると認められた。次にニ格明示例109例を、同じく心的活動に関わるか否かという分類枠で観察する。以下に、全体の用例数と具体的名詞を挙げる（数字は用例数）。

①非心的活動：計21例（おほやけ3、身2、言ひし、仰せ、教え、音、聞こゆること、位、こと、定め、宣旨、それ、のたまふさま、右大将、みづからのこと、召し、遺言、我次第）

②心的活動　：計88例（心67、思ふ14、思ひ4、思ふさま2、推し量り事）

用例数に大きな開きがあり、ニ格名詞句はその大部分（約8割）が②心的活動に関わる名詞句である。中でも「心」に極端に集中する。次いで「思ふ」も多い（「連体形＋ニ」のニは接続助詞の可能性も残るが、本稿ではここに含めている。注2参照）。

ニ格名詞句の観察からも、和文資料のカナフは主体の望みを表す用法に傾斜していることがわかる。

二・二・三　「心にカナフ」の二種

極端に多い「心にカナフ」を細かく見よう。「心にカナフ」の意味は大きく二種にわけられる。一つは〈気に入る〉の意(8)、もう一つは〈思いのまま〉の意(9)である。

(8) a　とりあやまりつつ見ん人の、わが心にかなはず、（源氏　梅枝）

b　「そよ。その工匠も絵師も、いかでか心にはかなふべきわざならん。（源氏　宿木）

(9) a　げに事限りあれば、おほやけとなりたまひ、世の政御心にかなふべしとはいひながら、（源氏　若菜上）

b　命さへ心にかなはず、たぐひなきいみじき目を見るはといと心憂き中にも（源氏　手習）

意味解釈の違いは、主語名詞句の性質と人称の一致／不一致の違いがもたらしている。(8)の「とりあやまりつつ見ん人（結婚相手）」「工匠」「絵師」は「心」の持ち主から見て二人称・三人称の動きや存在が関わる名詞である。結婚相手の容貌や工匠・絵師の作成する芸術作品の出来は、今後「心」の持ち主によって変更できない。一方(9)では、為政者にとっての「世の政」、自分の「命」はコントロール下にあるはずのものであり、今後の「世の政」「命」のあり方は「心」の持ち主により左右し得る。

両者は用例数に差がある。主語明示例33例のうち、〈思いのまま〉26例、〈気に入る〉4例（＋区別困難3例）であった。

さらに、〈思いのまま〉の場合、「心に」がなくとも同様の意を表すと見られる用例がわずかに確認される。例えば「心にカナフ」の主語は（9b）「命」が最多（6例）だが、(10)のように「心に」の無い用例も確認される。意味的には積極的に差を認めにくい。

(10)　いでや、いかでか見えたてまつらむ。命こそかなひがたかべいものなめれ。（源氏　澪標）

(10)は古今集の「命だに心にかなふものならば何か別れの悲しからまし」を引いたものと推定されている（『新編日本古典文学全集』頭注）。〈思いのまま〉の意の「心にカナフ」では、次第に「心に」の脱落が生じている可能性がある。

三　中古カナフの可能用法

前節では中古和文のカナフの主語に望み名詞が多いことを確認した。可能表現は「事態が望ましいこと」を条件とするものであり（渋谷一九九三）、中古和文のカナフはこの条件に合致する。だが「思ふことかなふ」等は念願の成就を表すものであるため動作性が薄く、しかもどのような動作であるかが具体化されていない（動作でない可能性もある）ため、「可能」とはみなしがたい。渋谷（一九九三：一五〇－一五一頁）も、カナフと同様、自発形式由来の可能形式ナルの用例(11)をあげ、両者は「ある動作（状態）が実現（完了）する」点は共通しつつも、前者が「実現される動作が（略）明示されない」のに対し、後者が「明示される」という違いを重視する（用例番号は本稿の通し番号）。

(11)a　思ふことならで、世中に生きて何かはせん。（竹取物語）
　b　しよしんこうのとうが、近日で御ざるが、その御用意もなりまらしたか、とひませうとぞんじてまいつた（虎明本　連歌盗人）

裏返せば、具体的な動作動詞が共起している場合、可能用法と判定する外形的認定基準と言える。[3] 内省の利かない古代語の分析では、可能用法の認定・抽出に際し、こうした基準が有効かつ必須であろう。そこで具体的な動作動詞と共起するか否かという観点で改めて観察すると、特定の文型に、少数だが該当例が認められる。以下、タイプに分けて実例を提示する。

三・一　A：意志願望ト思ヘドモ心ニカナハズ

実現を志向することを示す内容節（〜セム／〜セバヤ等）を「（ト）思フ」が逆接で承け、その内容を「心にカナフ」で結ぶ例が最も多く、和文資料に7例見られた。用例を挙げる。

(12) a　にぎははしく人数めかむと思ふとも、その心にもかなふまじき世とならば、（源氏　椎本）

b　「さはれ、ただかくてあらばや」とおぼせど、御心にもかなはず。（夜の寝覚　第5）

c　姫宮は、さらに後れたてまつらじと思し惑へど、心にかなはざりけり。（狭衣物語　巻2）

動詞の意志・願望形（望みを表す）と結びつくこと、「思ふ」「心」と共起することは、中古のカナフの特徴と合致する。他に、「悲しむ」「嘆く」が同様の構文で現れる例が2例ある。「思ふ」と同様、心的活動動詞とまとめられる。

(13) a　「身を失ひ、しからずは、尼にもなりなん」と悲しみたまへども、心にかなはぬことなれば（住吉物語　上）

b　消え失せばやと嘆かせたまへども、心にかなはぬことにてはべれば」と申せば、（住吉物語　上）

計9例をA：「意志願望ト思ヘドモ心ニカナハズ」とする（逆接仮定「思フトモ」も含む）。

なお平安初期加点の訓点資料にも同様の構文例が見られ、平安初期から存したことがわかる。ただし「ムト思フ」と共に「ムトス」も並列されているため和文資料と完全に同じではない。

(14)　「汝が所求に随（ひ）て皆願の如ク（あら）令メむ、或は林藪に隠レむ（と）すとも、或は寶珠を造ラむ（ィ寶珠ニ造ラむ）（と）すとも、或は衆人に愛寵（せら）レむと欲（ふ）とも、或は金銀等の物を求むとも、諸の呪を持するに皆験有ラ令（め）むと欲（ふ）とも、或は神通と寿命長遠なることと及勝妙の楽とを欲（ふ）とも、心に称はず〔不〕といふこと無（からし）メむ。【随汝所求皆令如願、或隠林藪、或造寶珠造、或欲衆人愛寵、或求金銀等物、欲持諸呪皆令有験、或欲神通寿命長遠及勝妙楽無不称心】

（西大寺本金光明最勝王経古点　一一四頁）

三・二　B：動作名詞（ガ）心ニカナハズ

主語位置に現れる動作名詞を「心にカナフ」が承ける例が3例見られた。B：「動作名詞（ガ）心ニカナハズ」とする。[4]

(15) a （薫大将）「おのづから位などいふことも高くなり、身のおきても心にかなひがたくなどして　（源氏　夢浮橋）

b （入道）ただ君（＝明石の君）の御ためと、思ふやうに明け暮れの御かしづきも心にかなふやうもやと思ひたまへたちしかど、　（源氏　松風）

c （朱雀院から女三の宮への手紙）「今日か明日かの心地するを、対面の心にかなはぬこと」など、こまやかに書かせたまへり。　（源氏　横笛）

(15)では動作主と「心」の持ち主（順に薫大将・明石の入道・朱雀院）が一致する。これは「心にカナフ」の主語名詞句が、「心」の持ち主に関わる名詞（(9)参照）だけでなく、自身の動作にまで拡張したものと考えられる。

三・三　C：意志願望ト思ヘドモカナハズ

A・Bは「心に」を伴う場合であるが、タイプAとほぼ同様の構文でありながら「心に」がないものも4例見られた。C：意志願望ト思ヘドモカナハズとする。

(16) a 齢のほどいとほしければ慰めむと思せど、かなはぬものうさに　（源氏　紅葉賀）

b 後ろやすく見置きたてまつりてのち、形をも変へ、限りの命も絶え果てんとのみこそ、思ひはべりつれど、かなはぬ業なりければ、　（狭衣物語　巻4）

二・二・三節で触れたように、「心に」がなくとも〈思いのまま〉の意を表す用例がごく少数であるが認められた。中古は「心に」の脱落が生じ始めており、タイプA（9例）とC（4例）の併存はその過渡的状況を示すと考えられる。

三・四　D：スルニカナフ

訓点資料にのみ、ニ格に活用語連体形が現れ、「その動作をするに足る適性を主体が備えていること」を表す例が見られた。

(17) 一切の三種の不―護四―无所畏如來の十力（を）容（れ）、〔及〕十八不共（の）佛法を與《アタ》へしむルに堪《カナ》へリ。无上（の）一切（の）智智を得（る）に堪《カナ》へリ。【堪容一切三種不護四无所畏如来十力及與十八不共仏法堪得无上一切智智】

（地蔵十輪経元慶七年点　五六頁）

三・五　中古カナフの可能用法の特徴

以上が中古和文資料・訓点資料における、一文内に具体的な動作動詞と共起したカナフ文の類型であり、これを可能用法の最初期の確例と認める。ただし出現の類型の少なさから、制限がかかっていたと考えられる。

まず、ほぼ全例が否定形で現れる。日本語可能表現は否定形が先行して出現することが渋谷（一九九三）に指摘され、カナフにも当てはまる。(5) 後に見るが、中世前期もほぼ全例が否定可能であった。例外的に訓点資料では肯定可能(17)が現れるが、訓点資料では肯定可能（能《よク》）が使用されるのと並行的である。

A・Bはともに「心に」を伴う。Cでは「心に」がないが、その場合も中古和文カナフの特徴の一つである「思ふ」との共起が認められる。中古和文のカナフが具体的な動作の（非）実現を表す場合、「思ふ」と「心に」のいずれか、または両方を伴う、という制約の中で運用されていたと思われる。

以上、中古カナフの可能用法は制約を受けつつ少数のタイプに見られることを述べた。しかし、中世前期（和漢混淆文）では中古に見られない新タイプが確認される。次節では、新タイプの成立史を辿るとともに中世前期内部での消長を詳述する。

四　中世前期カナフの新タイプの出現

日本語歴史コーパス所収作品（今昔物語集（以下「今昔」）はコア・非コアともに対象とし、同コーパス未所収の巻1～10も調査した）の他、散文作品4種(6)を調査し、計331例を得た。中世前期の中でも古い時期にあたる今昔の様相から議論を始める。

四・一　「動作名詞（ガ）カナハズ」と「動作名詞ニカナハズ」

院政期の今昔には、三つのタイプが見られる。以下、挙例の際、出典が明らかなものは出典の対応本文を【　】に併記する。

一つは中古和文に見られた**B：動作名詞ガ心ニカナハズ**である。ただしこのタイプは今昔の2例を最後に以降確認できない。

(18) a　身疲レ力弱クシテ起居ル事思ノ如クニ非ラズ。亦、飲食心ニ不叶ズシテ命難存シ。…我レ魚ヲ食セム。（12-27）
【疲身弱力、不得起居。念-欲食魚。（日本霊異記・下6）】

b　年ノ老テ起居心ニモ不叶ズ、少シ遠キ道ハ速カニ可歩クモ非ネバ（19-3）

二つ目は動作名詞が「心に」を伴わず主語に立つ例である。「心に」の脱落は中古内部でも少数見られ（A・C）、タイプBからの変化が想定される。**E：動作名詞（ガ）カナハズ**とする。

⒆　世ノ中ニ食物皆失セテ飢渇ニ合ヌ。猟・漁モ不叶ズ、忽ニ餓死ナム事ヲ歎ク。（3-13）

以上は中古和文との連続性が見える。しかし⒇に挙げる動作名詞がニ格に現れる例**F：動作名詞ニカナハズ**は和文と断絶する。

⒇a　年罷老テ行歩ニ不叶ズ」ト。（13-34）

【年齢老衰。不能行歩云々。（法華験記・下128）】

b　而ル間、尼腰ニ病有テ、起居ニ不叶ズ。然レバ、医師ニ問フニ、医師ノ云ク、「此レ身ノ痩セ疲レタルニ依テ至ス所ノ病也。速ニ肉食ヲ可用シ。其ノ外ニ療治ニ不可叶ズ」ト。（15-36）

【年垂数周。忽得腰病。起居不便。医曰。身疲労。非肉食不可療之。（日本往生極楽記30）】

⒇は出典漢文の「不能」「不便」「不可」と対応している。「不能」「不可」と対応していることは、当期の「かなはず」が不可能の意を表す（と撰者が認識していた）ことを端的に物語る。一方、（18a）では対応する表現が存しない。（18a）「飲食心ニ不叶」は出典の影響のない、撰者の付加した表現と考えられる（（18b）は出典未詳。⒆は、仏本行集経・十三に原拠があるようだが意訳が多く「出典」とはみなしがたいという（岩波新大系による））。

今昔では、（18b）と（20b）「起居」のように同じ動作名詞がガ格にもニ格にも現れ得たようである。このうちタイプFは中古和文からの連続的な通時変化とは考えにくい。タイプF成立史解明の手がかりは、それが出典たる漢文の影響を受けていると思しき箇所に現れることであろう。次項では、いったん歴史を遡る形で、変体漢文体資料として古記録におけるカナフの観察に移る。

四・一・一　変体漢文の「叶・合」

三巻本色葉字類抄にはカナフの表記字として38字が掲出される（前田本・上一〇三ウ）。うち第三位字まで（順に「叶・協・合」）を検索したが、「協」は用例がごく少数であったため、「叶」「合」を分析対象とした。結果、11世紀前半には動作名詞と共起する例が見られた。㉑は、動作名詞がニ格相当の位置にある（変体漢文の用例中の返り点は筆者が私に付した）。

㉑　中納言朝経、余須ニ取レ笏退出一、而指笏之間不レ叶ニ進退一（小右記　万寿二（一〇二五）年十月二十一日）

ただし変体漢文の場合、語順がニ格相当であることは必ずしも「進退に叶はず」と訓んだことを意味しない。しかし、同じく『小右記』には「動作名詞＋不合」（つまりガ格相当）の語順もある㉒。「合」は唯一「心」がニ格の位置に来る例もある（22a）。

(22) a　須下従二長押下一膝行上、而進退不レ合レ心
（小右記　治安元年《一〇二一》十一月九日）

b　父承輔老邁殊甚、起居不レ合、無心帰唐
（小右記　万寿四年《一〇二七》八月三〇日）

なお院政期以前の「合」が動作名詞と共起する例は『小右記』の「動作名詞＋不合（心）」の3例のみであった[7]。以下、用例数の多い「叶」で「合」「叶」の両字を代表させる。

次に、今昔と同時期成立の『中右記』にも、動作名詞が「不叶」の前後いずれにも現れる。否定形に集中する点は中古和文や中世和漢混淆文と共通する。

(23) a　物具昨日残物皆運之由、所二伝聞一也、人夫雖レ不レ叶二運送一、尤感悦了
（中右記　天治二年《一一二五》九月十日）

b　権門庄園事、其次詞申事、伊勢国同供給不レ叶事
（中右記　嘉保二年《一〇九五》八月六日）

こうした状況や今昔の例を考慮すれば、(21)も「進退に叶はず」と訓んだ可能性を認めてよいと思われる。訓点資料に見られたタイプDは連体形がニ格に現れたが、活用語連体形も動作名詞も共に動作性を持つ語である点がタイプDと共通する。またタイプBからの「心に」脱落が中古和文には見られず、11世紀前半の古記録には既に見られることもわかる（(22)参照）。

以上、11世紀前半～院政期の古記録には①「不叶＋動作名詞」②「動作名詞＋不叶」③「動作名詞＋不叶心」の三つが認められる。①は動作名詞がニ格の、②③は動作名詞がガ格の位置にあり、今昔に三タイプが見られたことと連続する。今昔の文体基調に変体漢文があることは夙に山口（一九六六）に指摘がある。変体漢文の影響を考慮することにより、和文からの通時的変化とは考え難い今昔の状況（タイプFの出現）が理解できる。

四・一・二　「動作名詞ニカナハズ」の消滅

しかし今昔の後、和漢混淆文で**F：動作名詞ニカナハズ**は消滅する。本調査では、今昔以外は平家物語の1例に留まる(24)。一方、**E：動作名詞（ガ）カナハズ**は今昔（2例）の後も、17例と継続的に確認できる。

(24) 行歩にかなへる者は、吉野十津河の方へ落ちゆく。
（平家物語　巻5）

異本間での異文もある。高野本平家物語の(25)は、同じく覚一本系の龍谷大学蔵本では(26)のように格助詞ニがある。

(25) 齢すでに八旬にたけて、行歩かなひがたう候。（巻4）

(26) 齢すでに八旬にたけて、行歩にかないがたう候。（巻4）

よって動作名詞がガ格に現れるかニ格に現れるかは任意の選択

関係にあった可能性が高い。そうした選択関係は維持する動機に乏しいだろう。一方に統一された理由はそこにある。

ではE：**動作名詞（ガ）カナハズ**ではなく**F：動作名詞ニカナハズ**の方が消滅したのは何故か。それはニ格共起率が減少していくというカナフ全体の変化の中で説明される。訓点資料で8割以上であったニ格共起率は中古和文では45.4％になり（二節）、今昔では79例中32例（40.5％）と和文に近いが今昔以降は252例中48例（19.0％）と急減している。この歴史的趨勢に添う形で、今昔以降、**E：動作名詞（ガ）カナハズ**へと統一されたのである。

この統一化は古記録の様相にも窺われる（**表1**。「心」を伴う（22a）は右列に含めた。「不叶」は「不合」も含む）。院政期以前の古記録では動作名詞が「不叶」の前後いずれにも現れた（21）～（23）参照）。しかし13世紀以降「不叶＋動作名詞」が見出しにくくなる。和漢混淆文で**F：動作名詞ニカナハズ**が消滅していくことと軌を一にする。13世紀資料にニではない助詞が仮名表記される例(27)が現れることも示唆的である。

(27)　風気相副候之間、今日例之朝参も不レ叶、大略平臥候
（実躬卿記　正応二年（一二八九）五月記紙背文書）

以上、今昔に現れるタイプFは中古和文からの変化ではなく変体漢文の語法であること、13世紀以降、動作名詞が現れる位置は

表1

年代	資料名	不叶＋動作名詞	動作名詞＋不叶
11C 前	春記	1	1
	小右記	1	3
1100頃	後二条師通記	2	
	中右記	2	3
	殿暦	2	
13C	民経記	1	1
13C 末	実躬卿記		16
14C	後愚昧記		1
	後深心院関白記		1
1400頃	看聞日記		7
15C 前	建内記	1	7

ニ格でなくガ格に統一されていくこと、それは同時期にニ格共起率が減じるカナフ全体の変化と連動していることを述べた。

四・二　スルコトカナハズの出現

13世紀以後、「活用語連体形＋コト＋（助詞＋）カナハズ」が現れる（**G：スルコトカナハズ**）。タイプGの成立史を考える。

(28)　「ただ上人を見奉らん。只今まかり帰る事かなひ侍らじ」
（宇治拾遺物語　巻12-5）

「スルコト＋不可能表現」という構文を持つこと、出現が和漢混淆文作品であることから推して、スルコトカナハズは漢文訓読の可能構文「スルコト＋不可能表現」をもとに、不可能表現、具体的にはアタハズを和文表現カナハズに置換することで出現した形式と考えられる。

置換の動機は和文要素の付加と見る。とすれば、漢文訓読調の強い作品にはスルコトアタハズが、逆に和文調の強い作品にはスルコトカナハズが現れ、同一作品に共存しにくいと予想される。事実、高率で相補分布する（表2。連体形に続くアタハズはスル〔コト／ニ〕アタハズの二種あるので分け、アタハズ系・スルコトカナハズのうち用例のない方に網掛けを施した）。大川（二〇一七）で、「説話・随筆」の中で最も漢文訓読文寄りの文体とされる今昔・方丈記・十訓抄にアタハズ系が現れ、それらよりも和文寄りとされる宇治拾遺物語にスルコトカナハズが現れることは、先の予想に合致する。

例外は、同一作品に両形式が共存する古今著聞集と平家物語である。しかしほぼ全例が文体的対立の範囲で説明できる。

まず古今著聞集のスルコトアタハズ1例を見よう。

(29)（成佐）「閻魔王の疑難をえては、其儀をのぶる事あたはず」といひけり。成佐漢才に長じて、よく仁義礼智信をしりたりけれども、後生の事をさとらずして、か丶るくるしみをえけるにや。　（古今著聞集　459）

表2

資料名	スルコトアタハズ	スルニアタハズ	スルコトカナハズ
今昔	45	21	
方丈記		1	
海道記		1	
十訓抄	4	1	
宇治拾			4
平治			1
保元			2
とはず			2
古今著	1		6
高野本平家	1	5	2

「成佐」が漢学に精通していることを示す効果を期した使用と考えるのが妥当である。

平家物語のアタハズ系6例のうち4例は漢文体書状での使用、1例は漢詩集『文選』「西都賦」の翻訳箇所であり、いずれも漢文体の使用場面である。残る1例を挙げる。

(30)「既に源氏に同心の返牒をおくる。今又かろ〲しく其儀をあらたむるにあたはず」とて是を許容する衆徒もなし。
（平家物語　巻8）

(30)が文体の観点から説明しがたい唯一の例外となる。しかし大方、和文調の強い作品にはスルコトカナハズが、漢文調の強い作品にはスル〔コト／ニ〕アタハズが現れると言ってよい。対してスルコトカナハズは書状などに現れる例を見ないのである。

カナハズとアタハズの相互の影響関係を示す傍証は他にもある。『古語大鑑』「あたう」の項で「動作性の名詞を直接に承け」る用法として示される唯一例(31)が該当する（下線筆者）。

(31) 夏ノ初ヨリ、老病ニ久（シ）ク犯サレ、起居〈キキヨ〉アタハズシテ、塔頭〈タツチウ〉ニシテ療養〈レウヤウ〉ス
（沙石集　一〇末・四五九3）

アタハズは通常、動詞連体形にコトまたはニを介して接続する。よって「起居する〔こと／に〕あたはず」が現れるはずである。接続上の異例「動作名詞アタハズ」は、カナハズの出現環境「動作名詞（ガ）カナハズ」に引かれたためと説明できる。

残る問題は、アタハズは「スル〔コト／ニ〕アタハズ」のいずれもあるのに対し和漢混淆文のカナフでは「スルニカナハズ」が見られない点である。しかし、表2、特にまとまった量が現れる今昔からもわかる通り、アタハズの主流は「スルコトアタハズ」である。かつ、同時期カナフはニ格共起率が急減しているのであった（四・一・二節）。今昔以降に出現したと見れば、ニ格共起率の減少しているカナフが、あえて少数派であるスルニアタハズを引き継ぐ必要はない。[8] かくしてタイプGはスルコトアタハズを置換して成立したと考えられる。[9]

四・三　中世前期におけるカナフのタイプまとめ

改めて中古和文との連続・非連続を確認しよう。中古和文で最多の**A：意志願望ト思ヘドモ心ニカナハズ**は見られなくなる。**B：動作名詞（ガ）心ニカナハズ**は今昔の2例(18)に留まる。**C：意志願望ト思ヘドモカナハズ**は継続して見られ(32)、16例確認された。「心に」のあるタイプA・Bが消滅する方向へ変化している。

(32) いかにもして申しなだめばやと思はれけれどもかなはず。
（平家物語　巻12）

今昔には**E：動作名詞（ガ）カナハズ**と**F：動作名詞ニカナハズ**が混在していたが、Fはその後消滅する。Eの例を挙げる。

(33) 病起こり、わびしくて、何の勤めもかなひがたければ
（とはずがたり　巻4）

G：スルコトカナハズは詳述した。その他、漢文訓読系の複合助動詞ムトスを持つ**H：ムトスレドモカナハズ**が現れる。

(34) いたく笑ひて、とどまらんとすれどもかなはず。
（宇治拾遺物語　巻14-11）

「心に」の有無を考えた時に想定される「**ムトスレドモ心ニカナハズ**」はない。ムトスが和漢混淆文で出現する一方、同時期に「心に」の脱落が顕著であったという歴史の反映であろう。

新タイプE・F・G・Hはいずれも「思ふ」「心に」と共起せず、中古との乖離を示している。用例数を**表3**に示す。

総じて「可能」の認定条件を満たす例が増加している。中古和文では240例中16例、訓点資料では54例中3例、共に約6％であるのに対し、中世前期では331例中70例、約21％となっている。質的・量的な拡大が指摘できる。

四・四　中世前期の「心ニカナフ」

ところで、中世前期は〈思いのまま〉の場合「心に」との共起が減るが、〈気に入る〉の場合は比較的残っているようである。中世前期の「心にカナフ」35例のうち21例は〈気に入る〉であり、中古和文で〈思いのまま〉が多かった状況から逆転している。〈気に入る〉の例を(35)に挙げる。「友」「（自分以外の人間が書いた）辞表」などは「心」の持ち主のコントロール下にない。

(35) a　まことに心に叶ふ友のなからむには、いかなる曲宴もものうくおぼえぬべし。
（十訓抄　第5）

b　（四条大納言が）匡衡を招きて、「辞表を奉らむと思ふあ

表3

記号	構文	中古和［訓］	中世前
A	意志願望ト思ヘドモ　心ニ　カナハズ	9＋［1］	
B	動作名詞（ガ）　心ニ　カナハズ	3	2
C	意志願望ト思ヘドモ　□　カナハズ	4	16
D	スルニ　□　カナフ	［2］	
E	動作名詞（ガ）　□　カナハズ		19
F	動作名詞ニ　□　カナハズ		5
G	スルコト　□　カナハズ		17
H	ムトスレドモ　□　カナハズ		11
合計数		16＋［3］	70
カナフの全用例数		240＋［54］	331

ひだ、時の英才、斉名、以言らにあつらへしむといへども、なほ心にかなはず。貴殿ばかりぞ書きひらかれむと思ふ」といはれければ、（十訓抄　第7）

時代がくだるが日葡辞書の「canǒ（カナフ）」の項では、「可能である」という語釈のあと、「満足させる、ぴたりと適合する」の例として「Cocoroni canǒ.（心に適ふ）」を挙げている。可能の場合には「心に」がなく、〈気に入る（満足する）〉の意では「心に」が共起する、という状況が中世後期まで続いたのであろう。その萌芽は、中世前期に認められる。

五　中世前期カナフにおける新たなふるまい

中世前期のカナフには、中古以前には見られなかった構文的特徴・語用論的特徴を示す例が現れる。以下、構文的観点・語用論的観点の順に記述する。

五・一　構文的ふるまい

中古和文のカナフが具体的な動詞と共起する場合「意志願望ト思フ」節を伴う例に集中することから明らかなように、事態実現を望んでいることが明白な構文環境に現れていた。しかし中世前期には「ムト思フ」「ムトス」で引用されることなく、先行文脈等に動作が明示される用例が現れる。カナフが可能の意を獲得したことにより出現したものと考えられる。

(36) a 「今度閑院殿遷幸に、年中行事の障子を書べきよし、宣下せられたりしを、入道は此所労（＝病気）のあいだかなはず。（古今著聞集　291）

b 瀬尾が嫡子小太郎宗康、馬には乗らず、歩行にて郎等とつれて落ち行く程に、いまだ廿二三の男なれども、あまりにふとッて一町ともえはしらず。物具ぬぎすててあゆめども、かなはざりけり。（平家物語　巻8）

次の(37)では、提題助詞ハ・コソで標示されるカナフの主語位置に「場所（ヘ／マデ）」のように格助詞／副助詞が現れている。これらは具体的な動詞を伴ってはいないものの、構文的特徴から移動動作を含意していることが明らかである。

(37) a 「しるべしたてまつるべし。宮の内へはかなふまじければ、よそより」など言ふ。（とはずがたり　巻4）

b 「都へは、この雪にかなはじ」（とはずがたり　巻5）

c 其上祇王があらん所へは、神ともいへ仏ともいへ、かなふまじきぞ。（平家物語　巻1）

d ゆるされなければ、都までこそかなはず共、此舟に乗せて、九国の地へつけて給べ。（平家物語　巻3）

(38)は同一発話内に無いが、(37)に類すると考えてよいだろう。

(38)「何方へとか思し召し候ふ」と申せば、「青墓へ」と宣へば、「その御姿にては、適ひ候ふまじ」とて、女房の姿になし奉り、　（平治物語　下）

(37)(38)の計5例が見られた。なおこうした用法は現代語のデキルには備わっていない（＊京都へは、この雪のせいでできない）。類例で「非動作名詞ガカナハヌ」が1例ある。これも「行く」相当の移動動作を含意する。

(39)　春の初めにはいつしか参りつる神の社も、今年はかなはぬことなれば、　（とはずがたり　巻1）

五・二　語用論的ふるまい――拒否場面――

相手の依頼や命令、指示を拒否する場面でカナハズが単独使用される例が8例確認される。[10] これも中古には見られない。

(40) a （老人→夜番の者）「ここに社を作りて斎ひ給へ。さらばいかにもまぼり奉らん」といひけるを、（夜番は）「我が心一つにてはかなはじ。この由を院へ申してこそは」といひければ　（宇治拾遺物語　巻12-23）

b （僧都→都の御使）「ただ理をまげて乗せ給へ。せめては九国の地まで」とくどかれけれども、都の御使、「いかにもかなひ候まじ」とて、取りつき給へる手を引きのけて、舟をばつひに漕ぎ出だす。　（平家物語　巻3）

c （御曹司→翁）「やがてなんぢ案内者仕れ」とぞ宣ひける。（翁は）「此身はとし老いてかなふまじい」よしを申す。　（平家物語　巻9）

(40)のように、拒否場面でカナハズが用いられる場合、主語名詞句（スルコト・動作名詞など）が現れないが、指している動作は対話者の行為指示文内に明示されている。

可能形式が拒否場面で用いられやすいことは現代語でも同様である。その理由について山岡（二〇〇四）は「断りは典型的なFTA（引用者注：フェイス脅かし行為）[11]の一つ」であるため、不可能表現を用いて「自分の意思とは無関係に状況が許さないことを含意し、相手との協調性がなるべく傷つかないように配慮している」と説明する。[12] 丁寧さ・配慮を示す動機で可能形式の一つであるカナフが選択されていると考えられる。[13]

渋谷（二〇〇五）はカナフ・ナルなどの自発形式が可能表現化する際に、丁寧さを示す用法から出発したと推定する。しかし最初期の可能用法と認められる中古の用例(12)～(17)ではそうした場面に偏る傾向はなく、むしろ中世前期に可能用法として確立した後に配慮場面で運用される例が増加するようである。

五・三　語用論的ふるまい――禁止場面――

相手の動作を禁止する場面で使用される用例が4例ある。可能表現の語用論的意味として禁止があることはすでに渋谷（一九九三：四九頁）に指摘がある。カナフにおいては、中世前期以降に確認することができる。[14]

(41) a　兵ども、皆、涙に咽びて、「強ひて御供に候ふべき」由申しけれども、「適ふべからず」と仰せ再三に及びければ、　（保元物語　中）

b　信俊、「これ（＝大納言）に候ひて、御最後の御有様見参らせん」と申しければ、預の武士、難波次郎経遠かなふまじきよし頻りに申せば　（平家物語　巻2）

表3でみた70例の他、拒否・禁止、「場所〔へ／まで〕は…かなはず」等の、可能を意味することが明白な例を含めると、中世前期のカナフは全331例中90例（27.2％）を可能用法と認定でき、中古（約6％、四・三節および**表3**参照）の約4～5倍に上る。

五・四　その他の用例群

最後に、中世前期の、四節・五節で取り上げたもの以外の用例群について簡略に見ておこう。中世前期331例から可能用法と認められる90例を除いた241例を対象とする。

現代語のデキルがそうであるように、可能用法が派生しても元々の自動詞用法は変わらず残っている（「駅前にビルが出来た」「大学で出来た友達」など）。カナフの場合はニ格を取る用法を原義と認めることができ（二節）、中世前期では中古より減じるものの80例を得る。「心にカナフ」が35例、「理にカナフ」など「抽象名詞にカナフ」が29例と多い。後者は現代語でも使用される。その他のニ格名詞句は「思ひ・思ふこと類」4例、「矢先・大長刀・昼戦」など戦闘語彙が少数ある。

ニ格が明示されない161例のうち主語名詞句が明示される51例を観察すると、中古のカナフの様相を引き継ぎ、「思ふこと類」を始めとする望み名詞が22例と半数近くを占める。現代語でも「夢が叶う」「願いが叶う」等引き続き使用される。残る29例も、用例(42)のように「何らかの事／あらゆる事が実現する」の意が多く、望ましい事態の実現を表す点は変わらない。

(42)　国々ニ行クヲ役トシテ有ケレバ、便漸ク出来テ、万叶テ家モ豊ニ従者モ多ク、知ル所ナドモ儲テゾ有ケル。
（今昔　29-6）

残るは主語名詞句もニ格名詞句も明示されない用例群である。種々のものが含まれるが、用例の多いものについて記述する。

軍記物語を中心に、「敵ふ」と漢字をあてるべき用例が32例とまとまって見られる。

(43) 敵は大勢、みかたは無勢なり。かなふべしともみえざりけり。（平家物語　巻6）

この用法は、「(自分と相手との力量の)合致」というカナフの原義から派生した用法であろう。中古には見出し難いが、軍記物語に集中することから作品ジャンルの影響が考えられる。

次に、動詞＋逆接条件を伴う用例が38例とまとまって見られる。ただしこれまで見た「意志願望形ト思ヘドモカナハズ」「ムトスレドモカナハズ」とは異なり、「スレドモカナハズ」という、意志願望形ではないタイプである。意志願望形で標示される場合はその動作の実現が目的であることが明らかであるが、一方「スレドモカナハズ」38例では、実現を望んでいるのはその動作ではなく、その動作の結果事態である。

(44) a　をびたゝしき瘡に成にけり。とかく療治すれどもかなはず。つゐにそれをわづらひて死にけり。（古今著聞集　696）

b　酒に毒を入れてすすめたりけれども、かなはざりければ、（平家物語　巻2）

「療治す」「酒に毒を入れてすすめる」は、それによって起こり得る「病が治る／病を治す」「人が死ぬ／人を殺す」という結果事態の実現を目的とした「手段」である。こうした例では「治らない／死なない」なのか「{治す・殺す}コトガデキナイ」なのかを確定できない。しかし重要なのは、「治す」「殺す」などの意志的目的事態の非実現であるとしても、それを「カナハズ」だけで表現できる点である。例えば(44)の例はそのまま現代語のデキナイに置き換えるのは不可能で、デキナイを用いるならば「治療したが、治すことはできない」「毒入りの酒を勧めたが、{飲ませる／殺す}ことができなかったので」のように目的たる動詞を明示しなければならない。明示が義務的である現代語デキルとの統語的な異なりが認められる[15]。

なお(44)のような用法の出現は可能用法の確立期（中世前期）と同時期であるため、一方が一方を派生する関係と見る必要はないと思われる。「目的事態の実現」という共通点を考慮すれば、(44)の用法も可能用法も、共に「望ましい事態の実現」（「目的」とは本来的に望ましい事態である）を出自とすると考えられる。

六　おわりに

最後に、カナフのその後について特筆すべき現象を指摘する。中世の前後期の狭間にあたる時期（14世紀後半）の資料から、否定の接続助詞デ（ハ）を伴う二重否定の表現が見られ始め、中世後期の虎明本ではイデ（ハ）カナハヌが多く出現する。

(45) 内裏へ子細を申さでは叶ふまじ」とて、内裏へ申されたりけり。（義経記　巻6）

(46) 「るすなどといふものは、ようじんもせひでかなはぬに、このやうにしておかれては、たとへぬす人がいつたといふても何共なるまひ（虎明本　棒縛）

これらは中世後期から近世上方にかけてセネバナラヌへ、江戸語では助動詞ナイを用いたシナケレバナラナイ・シナクテハナラナイへと交替し、現代語の当為表現へと至ることが松尾（二〇〇三）に指摘されている。注目すべきは、当為表現の後項動詞「カナフ」「ナル」が、いずれも可能表現として機能していた歴史を持っている点である。この共通点を鑑みれば、可能表現と当為表現との連続性、および変化過程の解明が文法史研究の課題として残されている。今後の課題としたい。

〈注〉

（1）宇津保物語、栄花物語、住吉物語、とりかへばや物語、松浦宮物語、狭衣物語、夜の寝覚、浜松中納言物語を調査した。これらの作品群から107例が得られた。

（2）以下の例のように動詞連体形にニが接続している場合、接続助詞ニの可能性もある。これらは14例見られた。

・二条院におはして、うち臥したまひても、なほ思ふにかなひがたき世にこそと思しつづけて、（源氏　末摘花）

一々の例のニが格助詞・接続助詞のいずれであるかを明確に分けることが難しいため109例に含めたが、これらを除いたとしても95例（240例中40％）であり、ニ格共起例はまとまって見られる。なお本稿にとっては中古カナフが「思ふ」との共起率が高いことが重要であるため、このニが接続助詞であったとしても結論に影響はない。

（3）ただし「具体的な動作動詞が明示されていない」ことがそのまま「可能用法でない」ことを証明するわけではない。まずは確実な例を観察すべきとの見方から優先的に判断基準として採用する。

（4）（15b）は肯定形であるが、それ以外は中世前期まで含めて原則否定形であるため「カナハズ」で統一する（（15b）も疑問文であり、かつ後文脈で結局は「御かしづき」がままならなかったことが述べられる）。

（5）したがってこの理由を問うには、他の可能形式を含めた検討が必要である。本稿ではカナフにおいてもこの傾向が認められることを確認するに留め、否定形主導である理由の究明は今後の課題とする。

（6）保元物語・平治物語・高野本平家物語・古今著聞集を調査し、これらの作品群から153例が得られた。

（7）13世紀以降の古記録の「合」は「不合期」という固定的な形で使用されている。「痢病気相侵之間、出仕不レ合レ期之由令レ申」（民経記寛喜《（一二二九）》元年六月十九日）など。これらは動作名詞がガ格相当の位置にあるが、用法の固定化が著しいため今回の調査（表1）では除いた。

（8）中世後期以降散文でスルニアタハズは消滅する。江戸・明治期漢文訓読の「不能」を調査した斎藤（二〇〇二）では「連体形＋コト＋能ハズ」「連体形＋能ハズ」「連用形＋アタフ／アタハヌ」の三種が挙がるがスルニアタハズはない。漢文訓読でも消滅したようだ。「動作名詞〔ガ／ニ〕カナハズ」の併存から前者への統一と並行的である。

なお、築島（一九六三）では、平安時代の漢文訓読特有語「アタフ」対和文特有語「え…ず」「…あへず」という対立が示される。カナフは和文特有語ではないが、中世前期にはカナフがアタフに一部対応する和文的要素になったと考えられる。そのことが副詞エに与えた影響は小さくないと思われるが、副詞エやル・ラルなど他の形式を視野に入れた中世前期可能表現の体系的考察は別稿に期したい。

(9) 変体漢文で「スルコトカナハズ」と訓み得る2例について触れる。（a）「六位別当并頭等受蹔不レ叶レ召間所ニ遅々ニ云々」（親信卿記　天延二年（九七四）十一月一日）について、「六位別当并頭等」は「召す」動作を受ける側であるため、ここは他人の「召す」行為に「すぐに対応しない・従わない」といった意であって、「召しに叶はざる間」と訓ずるべきと思う。中古和文に「今宵の召しにかなはれざらむこそは、いと悪しかるべけれ」（宇津保物語・内侍のかみ）という類例がある。次に（b）「先日前師所レ奉唐物色目文書、引ニ合本解文一〈在官、〉物員皆以相合、但別召レ之事不レ叶、唐人所レ申若是歟」（春記　長久元年（一〇四〇）五月十日）について、これも動詞が「召」と共通する点で用法が狭いし、「これを召すことは不可能だ」と解釈すると後続文の「唐人所申若是歟」とのつながりが不明である。今この例に明瞭な解釈を与える用意はないが、院政期以前の古記録での「動詞＋事＋不叶（不合）」の用例の少なさや、積極的に可能の意を読み取るべき用例が見られないこと、和漢混淆文での相補分布が説明できることを重視し、現段階では、和漢混淆文におけるスルコトカナハズはスルコトアタハズからの置換による成立と考えておく。変体漢文からの影響については、今後十分な調査の上で再検討の必要がある。

(10) 本稿で中古和文として扱った住吉物語に拒否の例が1例ある。住吉物語の原型は平安期に存したようだが、現存住吉物語は鎌倉期に改作されたものであるため、鎌倉期の語法がまじったのかもしれない。

・「北の方の御はからひは背かせたまはじ。ただ姥が申さんことにしたがひたまへ」とて、「霜月の二十日、一定なれば、それより先に」と言へば、「月の内は精進にて、かなひはべらず。

（住吉物語　上）

(11) 山岡（二〇〇四）は「フェイス」を「社会生活を営む上で」誰しもが持つ「他者との人間関係に関わる基本的欲求」の意で用いる。

(12)「状況が許さない」の「状況」は、いわゆる「状況可能」の「状況」とは異なる。仕事の依頼に対し「とても私の力量ではできません」と断る場合、状況ではなく能力によることが明らかであるが、丁寧さはある。不可能文による拒否が丁寧に見えるのは、可能形式が「その動作を行うことを望んでいる」ことを含意するためであろう。

(13) 拒否場面で現れる可能形式はカナフに限らない。渋谷（二〇〇五）が完遂由来とする副詞エも中古・中世前期に拒否場面で現れることが森野（二〇一四）に報告される。用例は森野（二〇一四）より引用。

・「人の思ひはべらんことの恥づかしきになん、え聞こえさすまじき」

（源氏　空蝉）

(14) 用例（41a）では、カナフではなくベカラズが禁止を表しているとも見得るが、ベカラズが禁止を表すのは意志動詞に接続した場合である。カナフは意志動詞でないためここで禁止を表しているのはカナフの否定形であり、ベシは当然の助動詞として機能していると考えられる。

(15) 渋谷（二〇〇五）は、カナフ・ナル・デキル等の自発形式由来の可能形式をさらに「期待成就型自発」（カナフ・ナル）と「期待中立型自発」（デキル）とに下位分類する。渋谷（二〇〇五）はこの区分を各動詞の語彙的意味に着目して設けているが、カナフとデキルがどう違うのかは明示的に述べられていない。本稿の調査結果は、渋谷（二〇〇五）の整理がカナフとデキルの統語的ふるまいの違いを説明し得るものである可能性を示唆しており、渋谷（二〇〇五）の整理の妥当性を補強している。ただしナルについては今後検証を要する。

調査資料

国立国語研究所（2020）『日本語歴史コーパス』（バージョン 2020.3）(https://ccd.ninjal.ac.jp/chj/) を使用した。今昔物語集巻1～10は岩波書店『新日本古典文学大系』、古今著聞集・龍谷大学蔵本平家物語は岩波書店『日本古典文学大系』、その他は小学館『新編日本古典文学全集』を使用した。**【訓点資料】**西大寺本金光明最勝王経平安初期点…春日政治（一九四二）『西大寺本金光明最勝王経古点の国語学的研究』（斯道文庫）、地蔵十輪経元慶七年点・法華経玄賛淳祐古点・法華義疏長保四年点…中田祝夫（一九七九）『改訂版古点本の国語学的研究訳文篇』（勉誠社）。**【古記録】**東大史料編纂所「古記録フルテキストデータベース」及び国際日本文化研究センター「摂関期古記録データベース」を用いた。**【辞書類】**色葉字類抄…中田祝夫・峰岸明（一九六四）『色葉字類抄：研究並びに索引』（風間書房）、『古語大鑑』（東京大学出版会）。**【14世紀後半以後の資料】**義経記…小学館『新編日本古典文学全集』、虎明本…大塚光信編（二〇〇六）『大蔵虎明能狂言集翻刻註解』（清文堂）、日葡辞書…土井忠生・森田武・長南実編訳（一九八〇）『邦訳日葡辞書』（岩波書店）。

参考文献

青木博史（二〇〇四）「複合動詞「～キル」の展開」『国語国文』七三（九）
大川孔明（二〇一七）「和漢の対立から見た平安鎌倉時代の文学作品の文体類型」『訓点語と訓点資料』一三九
斎藤文俊（二〇〇二）「江戸・明治期における可能を表す訓読形式の変遷――「得」と「(不)能」――」『近代語研究』十一
渋谷勝己（一九九三）「日本語可能表現の諸相と発展」『大阪大学文学部紀要』三十三（一）
渋谷勝己（二〇〇〇）「副詞エの意味」『国語語彙史の研究 十九』和泉書院
渋谷勝己（二〇〇五）「日本語可能形式にみる文法化の諸相」『日本語の研究』一（三）
申鉉竣（一九九九）「近代語可能表現の推移「～コトガナル」から「～コトガデキル」へ」『国学院雑誌』一〇〇（四）
申鉉竣（二〇〇二）「近代語における「状況可能」の表現――「～コトガデキル」と「～コトガナル」――」『日本近代語研究　三』ひつじ書房
築島裕（一九六三）『平安時代の漢文訓読語につきての研究』東京大学出版会
原口裕（一九八五）「可能表現「スルコトガデキル」の定着」『国語と国文学』六二（五）
松尾弘徳（二〇〇三）「狂言台本における二重否定の当為表現について：大蔵流虎明本・版本狂言記を中心に」『語文研究』九五
森野崇（二〇一四）「平安・鎌倉時代の受諾・拒否に見られる配慮表現」『日本語の配慮表現の多様性』くろしお出版
山岡政紀（二〇〇四）「日本語における配慮表現研究の現状」『日本語日本文学』十四
山口佳紀（一九六六）「今昔物語集の文体基調について――「由（ヨシ）」の用法を通して――」『国語学』六七
吉田永弘（二〇一九）『転換する日本語文法』和泉書院

[付記] 本稿は、第199回表現学会名古屋例会（2021年5月、於愛知学院大学）の発表に加筆・修正したものです。席上その他の機会に御指導・御助言を賜った方々に記して厚く御礼申し上げます。なお本稿は科学研究費補助金（若手研究、課題番号 20K13045）による成果の一部です。

（みやけとしひろ・宇都宮大学助教）

投稿規定

一、投稿論文は、四百字詰原稿用紙にして五十枚以内を原則とします。

一、論文は未発表のものに限ります。機関リポジトリに公開した博士論文の一部などを改稿の上で投稿する場合は、公開したものとの違いを明らかにして下さい。

一、四百字詰原稿用紙二枚程度の要約文を添付して下さい。

一、論文と要約文を二部ずつお送り下さい。

一、論文末尾に「(なまえ・現職名)」の形で、氏名のよみと現職名をご記入下さい。(氏名は、間にスペースをおかずに平仮名でお書き下さい。外国人の方は平仮名もしくはアルファベットを用いて下さい。現職名は「~大学教授」のように所属と身分を記して下さい。大学院生の方は「~大学大学院~研究科~課程」のようにお書き下さい。)

一、パソコンを使用した場合、印字した原稿とともに電子メディアを同封して下さい。(電子メディアには論文と要約文の両方をおさめ、使用ソフトによるファイルの他にテキスト形式のファイルも添えて下さい。なお、使用ソフトの名前と、四百字詰原稿に換算した原稿枚数を明示して下さい。)

一、パソコン使用の場合は、なるべく、一行字数二十九字で印字して下さい。図表についても、字数をご配慮下さい。

一、平日昼間の連絡先二箇所(自宅と勤務先など)とメールアドレス、ご住所をお書き添え下さい。

一、採否の決定までに数ヶ月の日時を要することがあります。あらかじめご了承下さい。

一、採用・不採用に関わらず、原稿ならびに電子メディアはお返しいたしません。

一、論文掲載の場合は、本誌二部、抜刷二十部を贈呈いたします。余分に必要な場合は、再校正返送の際にお申し出下さい。但し、その分については実費を申し受けます。

一、投稿論文の宛先は左記の通りです。「投稿論文在中」とご明示下さい。

〒六〇六—八五〇一 京都市左京区吉田本町
京都大学文学部 国語学国文学研究室内 国語国文編集部
電話 〇七五—七五三—二八二四

購読のお申し込みは最寄りの書店もしくは

㈱ 臨 川 書 店
〒六〇六-八二〇四 京都市左京区田中下柳町八
電話㈹〇七五(七二一)七一一一
振替口座〇〇九八〇-七-二七四三七〇

国語国文 第九十巻第十一号 (通巻一〇四七号)
令和 三 年十一月二十日 印刷
令和 三 年十一月二十五日 発行

編集者 京都大学文学部 国語学国文学研究室
発行者 片 岡 敦
印刷者 亜細亜印刷 株式会社
発行所 (株)臨川書店
六〇六-八二〇四 京都市左京区田中下柳町八
電話(代)〇七五(七二一)七一一一
振替口座〇〇九八〇-七-二七四三七〇

90巻11号定価 本体一、〇〇〇円+税
定期購読料(90巻4号~91巻3号) 本体一二、〇〇〇円+税 (送料弊社負担)
*定期購読は当該巻号のセットのみ承ります。

ISBN 978-4-653-04487-1 C3091

9784653044871

1923091010002

ISBN978-4-653-04487-1
C3091 ¥1000E

定価　本体1,000円＋税

国語国文

第九十巻 第十一号